远方的夜空有星光

If you are
my star,
I will
be
your sky.

沈嘉柯 著

人民东方出版传媒
東方出版社

自 序

远方的夜空有星光

沈嘉柯

我去参加某一次颁奖典礼，偶遇一个年轻的摄影师。典礼在南国的羊城举办，活动方安排他跟我住酒店一个房间，在等待晚上颁奖的时间里，我们聊起天来。

我看着这个貌不惊人，朴素打扮的年轻男生，忍不住问他，你是因为什么入选获奖的？他说，因为他拍摄星空。

他拿出笔记本电脑，给我看他的摄影。

我就在一刹那被震撼了。

那是一段制作好的延时摄影作品。高山之巅，星光缓慢流淌成星轨。银河缥缈，天幕近乎透明，画面的色彩极其瑰丽，那般美轮美奂，何其璀璨。

他告诉我，他的摄影图片，被美国 NASA 采用发布。这可真厉害。

好玩的是，他是一个重庆人。

重庆是一个山城，也是个雾都，平时没有多少日子看得到如此美丽的星空。

最反差的是，他原本不是文艺青年，是个标准的学汽车工程的理工男，读完大学去上班的地方，也是技术性单位。他迷上了星空，后来辞职专门拍夜空星光。

对于他来说，他拍摄的地点，都是远方。西藏、云南、尼泊尔……爬喜马拉雅山的冰川，有时候他一个人整夜守着夜空。

话匣子一打开，他滔滔不绝说着一路的艰辛，还有坚持的不容易。摄影器材那么贵，举办活动需要经费，而且还得养活自己，他还想教会更多人拍摄星空。

浩瀚星辰，让这么一个理工男彻底神魂颠倒，人生完全改变了。这个摄影师，不是孤例。

其实，所谓远方，并不一定是地理上的。“远方”在心上，爆发的星光，瞬间打动我们。

我们在按部就班的平凡人生里，感受到剧烈的感动，见识过庞大的美丽，这是一种类似开悟的体验，让我们愿意为之付出，一再去领略，改变命运，走向另外一条道路。

我记得多年前看过一部电影，一个小男孩站在商城橱窗外，眼睛发亮，看着飞机模型，升腾起开飞机的梦想，在遥远而漆黑的夜空，星光迢迢而来，照耀于头顶。多年后他飞行在天空中，大地倾斜，群星在左右，他拥有真正的满足。

当你拿起笔，当你跳起舞，当你在工厂上班，向往着金色音乐大厅，当你出现在大街小巷成为偶像。远方夜空的星光，其实是不灭的斗志，是我们平凡生活中的英雄梦想。

目录

第一章 真正的初心

初心，是我们自己想清楚了以后，所要成为的样子。

这个世界会好的 /003

谁写的中秋算第一名 /006

坐飞机不再担心掉下来 /009

真正的初心 /012

在路上的人更想家 /016

丰饶的诗意 /018

当我们去动物园散步 /020

第二首老歌 /023

第二章 如果你无所畏惧

如果你无所畏惧，那么这个世界，会加倍赏给你生活的美好。

春风中的少女 /029

小奇迹 /031

江南江北 /034

月饼迟到了 /037

幼年的味道 /040

树洞 /042

如果你无所畏惧 /045

手书 /050

第三章 文字里的草木芳华

草木岂止在文学里芳华，也在厨房餐桌成就美味，我们又何必辜负这两全其美的自然之赐。

我想和你一起老 /055

俯首为猫奴 /058

种一棵葡萄树 /061

你可以拥有自己想要的生活 /063

松菌和竹笋是对的 /069

林黛玉赏花 /072

光明之心 /075

文字里的草木芳华 /078

读书的意义 /080

风吹哪页读哪页 /083

作家的心情 /087

第四章 跟孤独和平共处

一座城市的庞大，与城中人的孤独，恰成反比。

李敖的反问 /091

怀念黄家驹 /093

聆听蔡琴 /097

林青霞的美丽 /100

好为人徒的金庸 /106

心安何处 /109

书不会等人 /112

再见下课铃 /115

跟孤独和平共处 /118

那一只鼹鼠 /121

第五章 这人间的欢喜与哀愁

当我们写作时，我们在想什么？其实就是想着，更理解这个世界和我们内里的细微真心，让读到的人，明白这人间的欢喜与哀愁。

小时候的初心 /126
平安茶饭 /127
这人间的欢喜与哀愁 /129
问世间情为何物 /132
受伤的灵魂 /134
像我这样的朋友 /137

第六章 人生若只如初见

人生若只如初见，相逢相失两如梦。就因为日后，要回到各自旧有的世界里去，那一短暂的假日光辉，出奇地耀眼美丽。

湘南女书 /141
纸折扇 /145
一口火鸡的滋味 /147
鸽子启示录 /150
凝视那悲伤的深渊 /153
人生若只如初见 /157
心里的植物 /160
在偏见世界里深情活着 /163

第七章 你如此需要慰藉

我们经历磨难，是为了更好地安慰他人。懂得安抚，在我们生命中特别重要。我们都需要慰藉，很需要。

旅行的意义 /169

外放之音 /172

江城 /175

又寂寞又美好 /178

毕业了的那些再也不能 /180

做个有趣的人 /184

圣诞忆旧记 /187

你如此需要慰藉 /189

风中的飞鸟 /191

星期二之约 /194

千万别太绕 /196

第八章 故乡是我唯一的行李

年少时灵魂柔软，尚未固定，一个背包天南地北独自跋涉，从不眷念。可是长大后呢？尔后，将在世上飘零，直到落脚。我的灵魂在哪里定型，哪里就是我的故乡。

百万种颜色 /201

一年一度的顶礼 /204

喊魂 /207

故乡是我唯一的行李 /214

说再见 /218

春节的启示 /221

你的父亲母亲 /224

第一章

真正的初心

初心，
是我们自己想清楚了以后，
所要成为的样子。

这个世界会好的

我们当然要保持警惕之心，坏心之人一定存在。不过，当我们作出判断的时候，还是应该等一等，了解更加全面详细的情况之后再下结论。从批判到感动，只差一份真实和乐观。

跟老朋友一起去吃饭，她带着自己念大二的儿子。我们决定坐地铁前往汉口某个酒店。很不巧，她儿子带的地铁卡，余额不足需要充值。

我们刷卡进站之后，站在十米开外的地方，等着那个孩子在人工值班的柜台充值。

没想到，一个穿着汗衫的老爹爹，脸红脖子粗，声音特别高亢激动，跟工作人员不知道在说什么。

那个孩子就站在那个老爹爹背后，一直等待着。我们本来以为，过一会儿就好了，结果那个老人家一直在跟工作人员说话。距离有点远，老爹爹的口音特别重，我们也听不清他在说什么。

我看了看手表，5分钟过去了，老人家还在继续。可怜朋友家的孩子，也只好继续在后面等着。

我的朋友决定过去看看什么情况，这个时候，老爹爹似乎终于结束了，气喘吁吁地转身离开。

朋友的孩子拿出钱充好了卡，我们连忙招呼他快点进站。等地铁的时候，我跟那个朋友议论起来。

朋友说，看来坏人变老这个说法是有道理的。在这样的公共场所，一直大吵大闹，非常耽误别人的时间。

我也很赞同她的说法。正因为那个老爹爹，我们站在没有空调的入口处，等了好一会儿。我们所在的这座城市，是全国赫赫有名的火炉之城。当时正是夏季最高温的中午时刻，我们热得汗如雨下。

我们也因此聊到了新闻报道过的事件：年轻人扶起倒地老人，却被老年人讹诈。

那已经是几年前的事情了，但带给大众的影响特别深刻。这个时候，朋友的孩子插嘴说："其实不是这样的。刚才那个老爹爹，发现家里的一张假钞，被孙子拿去地铁站用了。天气热，人也多，工作人员居然没有认出来，把假钱给收了。"

本市的公交卡是不记名的租用卡，这种事几乎没有人能追究到小孩子。

那张假钞呢，老爹爹留在家里是为了提醒自己注意小心。他发现假钞不见了，追问之下，发现是孙子拿去用了。老爹爹大为生气，于是他打了孙子一顿，亲自跑到地铁站，主动道歉并且补上真钱。

我和朋友都惊诧了，一起感叹："想不到那是个正直的老人家。"

我们对这个家教严格的老爹爹，充满敬意。

古老谚语里，好事不出门，坏事传千里。从传播学角度说，人们总是倾向于记住负面的故事。网络时代信息发达，打开手机，随处可见大量的负面事件，总能给人一种错觉：这个社会上的人心坏掉了。

这种错觉让我们渐渐地形成了偏见，习惯性从反面角度看待事情。看见一个老人家跟工作人员面红耳赤地说话，就会当成他在倚老卖老扯皮。

回到真实的生活当中，用最简单的逻辑来想一想，如果人心真的都坏掉了，反面压倒了正面，我们的生活只会变得越来越糟糕无序。

然而事实上，哪怕从历史角度多方对比，我们的生活是在点滴进步。

我家所在的这个城市，有着全世界最多的大学生。以我平时的观察，大多数人开始习惯排队，尤其是新一代的年轻人。

我们当然要保持警惕之心，坏心之人一定存在。不过，当我们作出判断的时候，还是应该等一等，了解更加全面详细的情况之后再下结论。从批判到感动，只差一份真实和乐观。

多年前曾经有一位学者提问：这个世界还会好吗？

我心中觉得：会好的，还会更好。

谁写的中秋算第一名

天底下有那么多的人仰头望月，就会有千百种秋思。有的人只不过是赏个月亮，凑个热闹，然后继续寻欢作乐。有的是孤独的一个人，觉得哀伤凄凉，不关心世界，只关心自己。还有人是团团圆圆在一起，根本不必再祈求了。

一千年来，无数高手写过中秋，我却觉得王建的那首是里面最好的："中庭地白树栖鸦，冷露无声湿桂花，今夜月明人尽望，不知秋思落谁家。"

一个人如果到中庭去看月亮，那就说明这是一个孤独的人，选了一个很适合望月的地方。他看到的是地上在发白。就因为地上的白，更加能够说明天上的月亮是何等的皎洁明亮。正因为这种天上的明月、地上的发白，他写出了天上地下，一片雪白的景色。

在这种雪白当中，有一棵树，树上还停着一只乌鸦。树木在夜里是黑色的。乌鸦就更加是黑色的。于是你看到的是一张黑白摄影照。

这个时候你可以用来跟苏轼的那首词比较。在苏轼的笔下，八月十五中秋夜的世界是彩色的："明月几时有？把酒问青天。……今夕是何年？……转朱阁，低绮户，照无眠。"

现在再回到王建的这首诗。第二句是，冷露无声湿桂花。我不知道你闻过桂花的香没有。在秋天，桂花的香是很浓很厉害的，那是一种很清冽寒冷的香，也就是冷香。这种冷香，又被冷露给无声无息地打湿了！要是一个什么样的人？什么样的心态？才能细腻到如此发指的地步。

王建关心的，注意到的，深入骨髓的寒冷，是桂花被打湿了，是在一个黑白照的环境里面，那种接近人性极致的孤寂。你再去读苏轼的词，想象一下是一个什么样的主角儿在转朱阁低绮户。

而王建的诗里面，主角的人物是静态的，默默地在觉察着这一切，不然他没法注意到被无声打湿的桂花。

苏东坡的词里面写的是"照无眠"，月亮太圆太亮，照得人各种思念没有睡意。已经是很好的境界，很高明的笔法。但是王建不着一字，完全就没有提到无眠，写出来的却是一个睡不着觉、在那儿看月亮的人。

"人有悲欢离合，月有阴晴圆缺"。大家都在看月亮，有的人想到的是全世界的人都在看，"人尽望"三个字，你可以想象得出来很多人在同一个天空下仰起头的样子。

那么清冷的氛围，人自然而然内敛了。千言万语，尽在不言中，也尽在抬头当中。月亮很明亮，大家都在看，仰头就可以看到，这个时候已经默然进入一种天人合一的状态。

苏东坡感慨"此事古难全，但愿人长久，千里共婵娟"。这是人性当中都有的祈福心态。

对于王建来说，“不知秋思落谁家”，是一个疑问。世上有千家万户，心思其实不一样。

天底下有那么多的人仰头望月，就会有千百种秋思。有的人只不过是赏个月亮，凑个热闹，然后继续寻欢作乐。有的是孤独的一个人，觉得哀伤凄凉，不关心世界，只关心自己。还有人是团团圆圆在一起，根本不必再祈求了。

苏东坡写的是千年流行金曲，大众排行榜坐首席。

王建却是心底一句反问，“落谁家”？一个落字，无处可逃。月亮引发的秋思，是从天上掉下来的，落到你头上的。月光是无边无涯的，是覆盖你全身笼罩包围你的。

王建从万千广大的众人集体望月，又回到了个体，回到了某一个人。这之后的，他留白了，交给读的人去了。

苏轼写的中秋无数人喜欢，却输给了王建。因为那是一个人抛开熙熙攘攘的热闹、直面内心的时刻，低声念诵最入心的独白。

恰似苏轼最好的作品，不是什么白昼中豪迈的大江东去，而是午夜梦回，所有伪装和身份都卸掉，毫无准备，无法设防，忧伤长驱直入他的心：“十年生死两茫茫，不思量，自难忘。”“相顾无言，惟有泪千行。明月夜，短松冈。”

如果你曾走到了心中最幽微的地方，你会更加倾向于后者。

坐飞机不再担心掉下来

至亲至爱的人突然失去，意味着无从准备，来不及告别。就像未完成小说的作者，没派上用场的仪式。

我是个业余会研究他人逸闻的人。我常常觉得，在那些不为人留意的缝隙里，会漏出幽深的光。就像盲人对夜的感受，分外不同。

因为北京奥运会的开幕式上，那首《你和我》的曲子，知道了陈其钢这个名字。对这位音乐家的了解，仅止于此。

后来，意外和了解音乐的小店老板聊天，他提到，这人的孩子去世了。一个搞创作的人，失去了心爱的孩子……我顿时想起了金庸和他写的小说了。

金庸在《倚天屠龙记》的后记里说："这部书情感的重点不在男女之间的爱情，而是男子与男子间的情义，武当七侠兄弟般的感情，张三丰对张翠山、谢逊对张无忌父子般的挚爱。然而，张三丰见到张翠山自刎时的悲痛，谢逊听到张无忌死讯时的伤心，书中写得太也肤浅了，真实人生中不是这样的。因为那时候我还不明白。”

等到金庸明白的时候，是他的儿子自杀以后。幸好金庸不止一个儿子，还有另一个喜好美食的儿子，以慰寄托。

从事创作的人，格外敏感。常人痛苦，创作之人也痛苦，并且还要放大很多倍。这痛苦，像衣衫单薄的人，在街头遇到寒雨，雨水很冷，当头流下，全身湿透。

金庸选择了以佛学化解伤痛。

有时候，我听着手机里保存的陈其钢的钢琴曲，不知不觉到他的微博逛一下，看看这个音乐家在做什么，生活如何继续。

这其实是一种偷窥，是作家对其他领域创作者的一种偷窥。

我想看看，创作者历经最接近自己的生死之时，如何承受。

他的微博一共不到百条。

微博的时间轴，是倒叙的。

他谈到电影《归来》的配乐，这配乐得奖了，里面有他意外逝去的孩子雨黎的工作贡献。

他谈到自己有自闭倾向，一个人待着特别享受，不过还是希望有人支持自闭症儿童的公益活动。

他谈到悲伤，也谈到儿子爱吃甜食。

他还谈到，虽然儿子去了天上，还是给他继续过生日。

他甚至与太太入住儿子最后下榻的酒店，在儿子遇难的高速路边寻找痕迹，在草丛中发现儿子破碎的眼镜。这个父亲像个推理侦探一样，企图找出出车祸的原因。

他谈到自己做手术，儿子的陪同。

至亲至爱的人突然失去，意味着无从准备，来不及告别。就像未完成小说的作者，没派上用场的仪式。何以解忧？这是一种悬念。

这也是我保持了偷窥的心理动机。

他继续生活着，绵绵不绝地思念着。

直到有一天，我在一个咖啡馆无聊地等朋友，抽起书架上的一本杂志，里面载有一篇对陈其钢的专访。真是太巧了，无巧不成书，总是有道理的。

我把采访的全文读完了，心中冰凉，万物沸腾，尔后止息。离开咖啡馆以前，我把这个音乐家说的一段话拍照，留在我的手机里。

“没有什么想不明白的了，因为雨黎，我反而超脱了。从小受教育，工作努力，建立家庭，生儿育女，然后孩子先你而去，家里也没有老人了，这时候感觉突然完成了人生使命。如果今天就离开这个世界，也不会像以前那么执着，那么多牵挂，坐飞机时也不会再担心掉下去了。”

我的偷窥，结束了。

真正的初心

初心，是我们自己想清楚了以后，所要成为的样子。

在湿润的春天，在“世界读书日”，我去了一趟成都。这一趟的行程是签售见面会和大学讲座。从四川大学到凯德天府广场，我被年轻学生、电视台和报纸的记者、书店的工作人员团团围住，问了许多问题。

大部分问题后来我都忘记了，但有一个问题，我特别印象深刻。有个年轻人问我：“沈老师，到底什么叫不忘初心？”

这个问题真好。

其实不止一个人问过我。

一个人的“不忘初心”到底是什么意思呢？我很认真琢磨过。

第一个层次的理解，初心就是最初的梦想。

我的童年，大人们特别喜欢问小孩子，你长大了想做什么？当我被问到的时候，我就骄傲地回答，我想成为一个科学家。

我在家族族谱上的名字，叫家科。按照中国的传统，子子孙孙和直系血缘的亲属晚辈的名字，会被刻在祖辈墓碑上。

这个名字是爷爷为我取的，寓意科学家，因为爷爷希望我成为一个科学家。在那个年代，这是最流行的梦想。但这是我真正的初心吗？这不是。

五六岁的小孩子，什么都不懂，嘴巴上嚷嚷的，并不是自己真实的想法，不过是大人灌输的意志。

长大后，我完全背道而驰，成为一个作家。

因为中学时代我看了文学杂志上的作家逸闻，很羡慕当作家的自由自在，虽然辛劳，但还是可以有尊严地养活自己。我开始想当一个作家。

在我们生命中，真正的初心，必然是源自我们自己。在我们真正知道那个梦想到底是怎么一回事之后，所涌出的渴望。

哪怕那是最亲的人对我们的寄望，如果我们自己不接受，不喜欢，不认同，就不能算是我们的初心。

我们每个人多多少少都有这样的经历：有生之初，似一张白纸，谁都可以涂抹几笔。但实际上，我们是有独立意识的个体，我们的内在灵魂是陶泥，如果这个人捏一下，那个人揉一把，渐渐就会奇形怪状。

我们要剔除别人强加的东西。

初心，是我们自己想清楚了以后，所要成为的样子。

在我的理解里，不忘初心第二个层面的意思是，它从你的内心诞生，你知道它意味着什么，你懂得你要去承担什么。

哪怕道路曲折，征途漫长，你还是记得你想要的是星辰大海。

如果暂时不能直接抵达，你也愿意为之坚守，有朝一日，你还会重新回到那样东西上面。不计成败，也要享受那个过程的快乐，那是我们自己对自己的成全。

未经时间考验的梦想，是不能叫初心的。轻而易举就动摇变卦，别人说几句就怀疑自我，遇到辛苦艰难就放弃，那不是初心，那只是随便一提的借口。

我想当一个作家，但是到了高考填报志愿的时候，我的父亲告诉我，社会热门是法律。而我没有经济独立，也不知道学法律专业的价值。

我屈从了父亲，从大学的法学院毕业。

然而，我在大学里的四年时间，猛烈地写作。别的同学在谈恋爱、打游戏，我在图书馆写作，在宿舍写作，在课堂上写作。

我甚至被法学院副院长逮住，没认真听课，反而在写我的文学作品。我付出了双倍的时间：一部分用来学法律，让自己学业及格，拿到奖学金，另外一部分时间，在中国特别重要的大报和文学杂志上发表了大量作品。

当我的稿费超过了父母的月工资，我终于可以选择自己想做的工作了，并且拒绝了家里联系的工作。我的大学生涯，比其他同学辛苦太多了，但我却乐在其中。

大学毕业后，我放弃了很多其他行业机会，一直没放弃写作。

中间，我经历了一段非常难熬的日子。一度，我自己和我的家人，都觉得靠写作是无法维持生活的。我跑过报纸的新闻，当过特约评论员，也开过淘宝店。其实我并不喜欢这些工作或兼职。

但那都是我所付出的代价，只为了彻底自由地写作。

我处心积虑攒钱解决生活顾虑，最后彻底成为一个自由写作者。

我为了自由的梦想，为了成为一个自己对自己负责的作家，耗费了十年光阴。

初心如此珍贵，值得我们倾所有努力去保有。

我特别喜欢已故老诗人曾卓的诗歌。他的一生，历经入狱、被打倒、多年后平反，写出了大量感人的诗句。

像是《有赠》里的“我忍不住啜泣，当你的眼泪滴在我的手背，你愿这样握着我的手走向人生的长途吗？”

但我记忆最为深刻的，是他弥留之际留下了两句感叹：“这一切都很好，这一切都很美。”

人世间的苦难黑暗没有压倒他。他的心中一定仍然保留最深的爱意。所以历尽苦难，他最终却以最温柔的句子，作为他告别世界的致辞。他回到了一个诗人的初心。

我想，这才是“不忘初心，方得始终”的本义。

在路上的人更想家

曾经我以为我是喜欢旅行，其实，所有的旅行只是让你更想家，让你意识到，喜欢和爱的差别。喜欢是喜欢那些优点，而爱和家，是你各种挑剔却只想赶回去的地方。

在南京的街头，我穿过熙熙攘攘的人流，去吃开了许多年的锅贴儿店。锅贴儿就是饺子啊，不过呢，在武汉叫煎饺。金黄色的锅贴儿香脆迷人，老店生意很好，我吃到第五个的时候，看见屋子后方坐着老伯伯、大叔、大婶麻利地包饺子，然后他们不知道聊到什么有趣的话题，一起哈哈大笑起来，结果大叔突发袭击，去捏老伯伯的胸口。三个人加起来年龄接近两百岁的人，无比嬉闹欢乐。我看着这一幕，嘴巴里的饺子差一点笑喷出来。

在南京的鸭血粉丝店，老板娘细声细气跟另外一个女人闲话，虽然我基本上听不懂吴侬软语，可是，我忍不住感叹：好温柔的语调，比起武汉打个招呼都像在吵架的嗓门，简直是天籁。

在南京的报刊亭买矿泉水，摊主冲一个带孩子的妈妈说，这个版画啊，你们要买不，这个就是骗人的啦，骗小孩子啦，十块钱，就是骗小朋友的，要不要？我擦擦额头上的汗，心想：这老爷爷做人简直跟纯净水似的，也太诚实透明了吧。

换了在武汉，我家附近报刊亭的那个女人，脸不红心不跳一声不吭就把过时的报纸卖给我。

在南京的公交车上，我被挤得双脚踮起。经过南京长江大桥时，我眺望车窗，心想，跟武汉的景色好类似，果然都是长江岸边的城市，只不过一座在中游，一座在下游。就连江边那个高塔，长得也跟武汉龟山上的电视塔差不多。

在南京的秦淮河岸吃茴香豆，味道很好。我一边穿梭进金陵古迹乌衣巷，一边在心里说，这个就是大蚕豆啊，不过南京是用水煮的，武汉那边喜欢油炸，还有个清雅得莫名其妙的名字——兰花豆。大概是形容炸开了的蚕豆样子如花。

在南京的红山动物园，看着养尊处优的大象，我叹息，武汉的汉阳动物园，大象、熊猫、猴子都很可怜，住的破破烂烂，远远不如这里的同胞。

从动物园出来，我直接坐地铁去南京南站，返回武汉。旅行结束，我从列车中出来，夜空将要下雨，有些冷，我抱着自己的胳膊，刹那灵魂归位，鼻头发酸。我的理性被感性打败。

所有拿来比较的，都是我原本生活的城市。以为是双城记，原来是对照记，心心念念的全是武汉。

你看，一个人要理解自己，认识自己，真的不容易。曾经我以为我是喜欢旅行，其实，所有的旅行只是让你更想家，让你意识到，喜欢和爱的差别。喜欢是喜欢那些优点，而爱和家，是你各种挑剔却只想赶回去的地方。

丰饶的诗意

熙熙攘攘的夜市是地道的人间烟火，幽静茶香玩味器物是雅致传统的美好生活。

我去洛阳讲课，和阔别十多年的老同学会面。白天忙于行程，无法深聊，入夜后，他说带我去吃本地正宗的消夜。

一条街道云山雾罩，鸽子汤格外鲜美，烤串也恰到火候，十几二十年的老店，来得迟了，连露天场地都没有座位。卖烟和果盘的小贩穿插其中。

夜市的食物风味浓郁，也谈不上精致。但好就好在，不用拼斗劝酒，没有生意场的压力，卷起袖子，丢开筷子，手剥卤味花生，舒服自在。从球队新闻到回忆大学时代的爱情故事，我们自斟自饮，你一口酸奶，敬我一口啤酒，心甜意洽。

他说他最大的遗憾是，本科明明学的是中文系古代文学专业，毕业后却从事广告业。

我的老同学，其实是一家广告公司的负责人，有忙忙碌碌做不完的活。广告是创意行业，他打心眼里喜欢的是更加文艺的表达，但客户想要的形式，偏偏总是那么恶俗。不过，他业余却是一个美食记者，采访美食老店，写一些读了让人口齿生津的文字。

隔天，他又给了我一个惊喜。原来，他还跟人合伙开了书店，叫云集图书馆。除了书店，更加令我意外的是，他还开了一个甜品店，堪称身体力行的美食爱好者。

当他放下手头的主业，沉浸于自己的喜好偏爱，整个人都熠熠生辉。日常生活的表象褪去，我见到友人生活朴素又充满意趣的一面。熙熙攘攘的夜市是地道的人间烟火，幽静茶香玩味器物是雅致传统的美好生活。

生活需要工作谋生，但我们正是从谋生的工作中跳脱出来，成全了自己的心，找到平衡和快乐，过得有质感而美好。

然后，友人们的故事，尽皆化为我笔下的文字。所谓文学，其实就是在日常之中，提炼出弥足珍贵的丰饶诗意。

当我们去动物园散步

一个生命或者一段关系完结了，我们总是强迫自己飞快扭过头转移伤痛，匆匆忙忙扑向新的生活，唯独忘了人非草木，被触动的情感，要有完整的仪式来解脱。

天气好转，跟友人去动物园闲逛。经过长颈鹿馆，来到一片小树林旁边的湖边，友人忽然告诉我，小时候班上组织活动，老师带着同学们一起到动物园，结果他比较倒霉，忽然看见水面漂来一只死掉的猴子。这事埋在他心里很多年，像一道巨大的阴影，覆盖在苔藓上。

他这事我琢磨了很久。

最近我养猫了。因为此猫自己会上厕所，所以我采取了放养的方式，由着它满屋子乱跑，上蹿下跳，自由自在。渐渐猫长大了，轻功越发了得，一米多高的窗户，也可以一跃而上。我这才想起一个严重的问题：我家在一楼，夏天来了，开个窗户，它就有可能跑出去。猫这种动物，野性天生，不比犬只，养出感情了对人无限眷念，惦记着回家。很多人的猫一旦离家出走，从此一去不返。

另外某个友人还提到说，她的一个朋友家的猫，13 岁时跃上窗台，跃到了更广阔的世界去了，害她哭了一星期。

当时我想起电影《桃姐》里的戏谑斗嘴了，忍不住模拟一番开玩笑：促膝暖怀有时，喂养逗乐有时，被咬挨爪有时，一跃而去有时，人生所有的相聚都是要告别的呀。

于是又联想起米兰·昆德拉写的小说，取名“为了告别的聚会”。人类养猫，也很类似。迟早我的猫也会去往更加广阔的外面世界。因为明日可能就要告别，所以今日我反而加倍温存。

设想当我面临那一刻时，我心爱的猫不告而别，消失不见时，我会怎么样呢？猫就罢了，至亲至爱的人呢？小小宠物如此，人何以堪？

在两百年前的一部小说里，少年宝玉看着“狂风落尽深红色，绿叶成荫子满枝”的时候，他感伤了。后来他进一步领悟到，他所居住的大观园，他那些如花美眷的姐妹，他最爱的女孩子，有一天都会烟消云散时，那种无可奈何的悲伤，简直旷大到弥漫整个天地之间，将人置于难以自处的境地。

哎，说到这里你是不是觉得太跳跃了？不是在说猫吗？我除了说猫，还说了猴子呢！还记得开头我提到的友人和猴子吗？

十多年后，他想起小时候目睹的画面时，心头依然沉闷难受。那猴子跟他之间完全陌生啊！他一直不明白自己为什么会如此敏感。

那是因为，他亲眼见到一个渺小的生命在宇宙中的湮灭，欠缺了一种行为。事实上，我们大多数人，都忽略了人生中的“重要仪式”。一个生命或者一段关系完结了，我们总是强迫自己飞快扭过头转移伤痛，匆匆忙忙扑向新的生活，唯独忘了人非草木，被触动的情感，要有完整的仪式来解脱。

吃奶嘴有时，进棺材有时，相逢有时，告别有时，诞生有时，结束有时。生离死别总是悲伤的，我们只能仰仗哀悼来收尾。心理学里阐释“仪式”，生日、婚礼、葬礼、祭奠诸如此类，其本意，就是人给自己一个机会去哀悼告别。告别童年，才能长大，告别自由，才能承诺，告别逝去，才能记取。那些逝去或失去的，才会在记忆里，在最深的潜意识里，与我们融为一体。

我很想告诉我的友人，当他某一天，独自在湖边，静静地为那只幼年偶遇的猴子默哀后，心头那道漫长的阴影想必就消散了。至于我的猫，假如有一天不在了，当我站在窗前，想起它时，我也会好好地回忆有过的相处，哀悼这份失去。

搞清楚这么一个原理，再去重温《石头记》，你能加倍体会出作者写出那么一本书的深意，那是他在回溯整个人生的岁月，巨细靡遗地记录最琐碎的人物故事，来进行怀念和哀悼，亦即所谓的“怀金悼玉”。伤感和满纸眼泪，乃是应有的仪式主题。一生之中，谁也绕不过去这“最后的仪式”。

第二首老歌

曾经老师也是台下的学生，怀着和我们相同的梦想，朝夕用功，跳过木桥向前走。那年课堂上他放给我们的歌，是青春里最闪亮美好的记忆。

春天还有点冷，空气带着冬雪散去不久的冻意。高二时的英语老师是个年轻人，穿着翠绿色的呢子外套，拎着扩音机和他的提包走进教室。坐在台下的我们，一直喧闹沸腾，直到英语老师含笑抬手，压了五六下示意大家安静，大家才安静下来。所有人的脸上都按捺不住聊天的兴奋，还有人偷笑。

英语老师说："新年啦，下学期我就不教你们了，你们这么开心啊！"

"不是的，不是。"我们纷纷否认。

上课还是照旧。念一个章节的单词，时间就过去了十几分钟，讲解题目又过去了十几分钟。然后放课文朗诵，大家跟着朗诵。

男生铿锵明亮的语调，女生清晰悦耳的音色，组成英文朗诵的音波，在教室里回荡。

直到课程结束，我们提要求：放一首英文歌吧！这也是学习啊，听着优美的英文歌学英语。其实这个年轻的老师，平时也常常给我们放，不过今天我们特别期待，他会放什么。

我坐在第一排，最为便捷。我喊出口：My heart will go on。这样经典的金曲，永远不会褪色过时。

他放了这首常备英文歌。所有人都跟着唱，所有的眼睛都与往常不一样，闪着透亮的光芒。英语老师的脸，皮肤原本偏黑，渐渐透出温暖的红色。他取下围脖，也跟着我们唱起来。

师生之间，心照不宣。

歌的旋律结束，他忽然开口用一种稍微变调的声音说："人生有不同阶段，我开始了一个阶段，你们也要开始了。二年级念完，你们可就要彻底面对高考了，要更加努力。我希望你们有更好的未来，在走向新的人生阶段。"

这个年轻的老师说一句，我们答应一句。

他转身拿起他的提包，变戏法似的掏出一大包糖果。我们欢呼起来。是的，他新婚，休假完毕，就回来继续给我们上课了。然而那已经是一学期最后的几节课了，我们在下个学期，会安排更加资深的老师，冲刺迎考。

我们吃着他的喜糖，大喊，新婚快乐。他带着少有的羞涩望着窗外，大概目有泪光，不好意思看我们。片刻后，他说，我再给你们放一首吧。

这一次，我们什么都没嚷嚷，想听听他会放什么。当时的课堂忽然寂静，我忽然涌出奇妙的感觉，我好像会猜中是哪一首。

结果我猜中了，真的是《昨日重现》。我们没有大声合唱，而是低声跟随。

在年轻的岁月里，很多老师对我们说过“加油认真学习”，这一次，不再是重复老调的劝告。似乎有种饱满诚挚的东西，灌注到了歌声中。曾经他也是台下的学生，怀着和我们相同的梦想，朝夕用功，跳过木桥向前走。

当我回望，我确定那年听到的第二首经典老歌，是青春里最闪亮美好的时刻。我们的祝福老师收到了，老师的寄望，我们认领了。新老传递生生不息，发自内心，尽在歌中。

第二章

如果你无所畏惧

如果你无所畏惧，
那么这个世界，
会加倍赏给你生活的美好。

春风中的少女

人生最大的真相是，把伤害太当一回事的人，都活得不好。

我的同学阿松有个妹妹叫小雨，这女孩五年前才七八岁。那年春节，她突然来敲门，说是要给我拜年。我一琢磨，立刻明白了，她那个“不要脸”的老哥故意让她来要压岁钱了。我就故意问：“你给我拜年啊，那我也跟你说一声新年好，快回家吧，来，给你一包饼干。”

小雨接过饼干，嘴巴一嘟，开始撒娇：“我哥说啦，不能光嘴巴拜年，我还没拜完呢。”我一愣。就看见这小女孩啪嚓一声，从背后拿出一个布垫子来，飞快趴下，给我一连叩了三个头，嘴巴特别甜说着吉祥话，笑容也甜，一脸乖巧注视着我。于是，我转身去拿钱包。

又过了两年，小雨念中学了，人长高了，成了一个亭亭玉立的少女，完全不是小时候鼻涕耷拉的小丫头了。我和阿松，还有她，还有阿松的另外一个弟弟，一起在树下的草皮上，晒太阳玩扑克。她和我们嬉笑逗闹，帮着自家人出牌打赢我。

我问她长大了有什么志向？她说要当银行白领，因为功课还不错。我很仔细地观察她的眼睛，很清澈。我问阿松："她还想读大学吧？"阿松说："当然啊，反正我们家里的门面在赚钱，我弟弟也结婚了，弄到我们学校上班了，供她上个大学没问题。"回过头，阿松冲小雨说："嘿嘿，到时候好好赚钱孝敬老哥。"

阳光温暖，让人犯困，小雨打着哈欠回答说，"肯定啦。等我赚到钱再说，哼。"

谁看得出来呢？他们兄妹没有血缘关系。阿松父母离异，兄弟两人跟着母亲，那些年极为困苦艰难。至于这个小妹，是阿松中学时代在路边捡到的女婴，一个被遗弃的孩子。

小雨很早就知道自己的身世，他们一点也没隐瞒。但这女孩的眸子，乌黑明亮，半点晦暗都没有，没有小心翼翼的收敛，也没有心底默默要报答收养之恩的沉重。

至于阿松，他和他母亲以前的确怨恨那个抛妻弃子的男人。渐渐阿松长大了，大学毕业，工作、买房、赚钱独立，境况好转，一家人开始变成热情生活的小市民。阿松某一次问我："能写写我的事迹上报纸露脸吗？"小雨在旁边插嘴："我也要上，我来讲……"

看着他们如此狡黠精明，我太佩服了。阿松小雨这家人，算是活得明白了。该高兴就高兴，该骂就骂，该吵架就吵架，该撒娇就撒娇，一心赚钱积极向上，只要有利于过好日子，那就去做，甚至大大方方主动给旁人施展怜悯同情的机会，双赢嘛。

人生最大的真相是，把伤害太当一回事的人，都活得不好。

他们反其道而行之，构成聪明一家人。

小奇迹

人很难被外界改变，除非自己愿意做出改变。当她发觉要对自己好一点的时候，小小的奇迹发生了。

我的前同事阿布，是个很典型的豪迈女汉子，毕业于本地一所工业大学。

她女汉子到什么程度，请大家听我慢慢说来。别的女孩穿五颜六色的高跟鞋或者文艺范的球鞋，她酷爱骆驼牌户外运动鞋，最常穿的还是那种褐色皮革打造的登山鞋。

别的女孩穿着千奇百怪花样的衣服，她喜欢的衣服是黑色、灰色的外套，再配一条牛仔裤。我们在一个公司上班的时候，她 28 岁。

当时她还留着短发，像个搞艺术的男生。当然了，因为她实在太女汉子了，不打扮、不化妆、个子挺矮。不知不觉，同事两年，她就蹉跎到了 30 岁的年纪。

我这个人一贯自我，不怎么喜欢干涉他人的私生活，所以在别的女同事拼命劝说她的时候，我只是旁听，从来不附和。

不过她们有时候的对话太逗了，我忍俊不禁。

我们的女上司，是个人到中年讲究品位的职业女性，天天看不惯阿布的言谈举止，说她完全没有女人味，再嫁不出去都老了。

真是下属不急上司急。

女上司甚至亲自出马，教阿布走路。办公室的地板是整整齐齐的方块瓷砖，女上司就指着瓷砖接缝间的直线说："阿布，你给我过来，两只脚的步子，都必须踩在一条直线上。"

阿布试了一下，女上司纠正她："来回走，多走几遍，想象自己是个模特儿，想象自己是一只猫，看过猫走路吗？左右脚交错踩猫步。"

我就盯着女汉子阿布左右迈步，极其扭捏，特别不自然。

走了几个来回，阿布就崩溃了："哎哟，太累人了，我还是歇着。"她坐回了椅子。

每当阿布一身背包客打扮出现在我们面前，女同事们就要拼命地数落她。她们实在是有着强烈的改造欲。

于是许多次，她们拖着阿布去大商场精品店，从女士装看到淑女柜，最后呢，她们这些人大包小包的，阿布完全提不起兴趣。阿布仍然顽固地站在跑鞋、运动裤、水壶和帐篷柜台前眼睛发亮。好吧，大家对她绝望了，彻底放弃。

一年后，注意，是一年后，阿布恋爱了。

像男生一样大大咧咧的阿布，恋爱了！我们怀抱着无比的惊喜，询问她情况。据说爱情的力量是伟大的，大家相信一定可以改变阿布。

一天又一天，阿布去约会，去见对方的家长，仍然是毫无改进。阿布短暂的感情结束了。

半年过去，阿布继续去相亲。但大家认为，她已经没有机会和动力改变了。

就在一个早晨，我们忽然看见阿布穿上了漂亮的靴子和连衣裙。毫无预兆，忽然而来。

阿布秀给我们看。

我们又惊又喜。本来嘛，这关我们什么事情！干吗那么惊讶喜悦呢！可是看见一个人往不错的方向发展，到底还是值得高兴的啊！

我们很好奇，让她交代，是什么力量令女汉子也脱胎换骨？

阿布叹气说，加班到很晚回去，觉得如此用功上班，为什么生活这样子呢？昨天去附近的邮局邮寄一个小东西，居然花了好几十元，简直是讹诈。所以她莫名其妙愤怒了，人生这样辛苦，一直过得那么粗糙，还被人挑剔，她觉得实在应该对自己好一点，于是去买了几件漂亮衣服。

这就是答案。

渐渐地她变成了一个外表有女人味的女人，头发留长了，用一用化妆品。但是她的性格没变，还是那么爽朗，特别配合工作。后来她结婚了，嫁给了一个博士医科男。阿布没有那种娇滴滴的小性子，日子过得安稳幸福。

人很难被外界改变，除非自己愿意做出改变。当她发觉要对自己好一点的时候，小小的奇迹发生了。

江南江北

历尽物贸沧桑的汉口，只要你有心，它的老公寓、老房子，也年深月久累积了迷人的文化气息，很美很文艺。

一江分南北，我是江南居民，对面是江北。老观念里，江南江北各不同，但我却常常有意外惊喜，忍俊不禁。

有一回，我在华师大后门一条街过早，喝着稀饭，吃着面窝，听到旁边一个大婶呼噜呼噜的声音，她配着咸鸭蛋也在喝稀饭，喝得真香，紧接着她的手机响了。

接起电话，她聆听片刻，回答电话那头："我跟你讲，这个就要考虑到人本主义了，维特根斯坦就认为说不清楚的时候还不如保持沉默。卡尔维诺说过，未来的文学趋势，是越来越轻盈，而且从心理角度看，现在的人可不喜欢看太拖拖拉拉的东西了，要短小精悍，嗯，没错。"

我这么一个写作为生的人，也忍不住要击节赞叹，好一个未来文学观。再仔细看清楚，真的，这位大婶身穿花格子的确良衬衫，塑料拖鞋，挽着菜篮子，但架着眼镜的模样，精明犀利。

谈文学哲学也没耽搁咸蛋稀饭，她冲着小摊老板说：“还是3块钱，是吧？”摊主笑呵呵回复：“老顾客，那当然，您上课带硕士呀？”大婶点头：“我先把菜搁冰箱里，早上买的新鲜。”然后她趿拉着拖鞋，气定神闲往学校走去，像一只胖胖的企鹅。她的北方口音，隐隐约约，带了点汉味。

而在江北，我特意去逛了一家新开的书店。很不像平时去过的书店，所有的柜子又大又高，风格硬朗，猛一看，像图书馆和高端商务楼结合体。逛着逛着，只听见旁边中年男士对话“刘总这边走”“待会儿还有个会”。我又被逗乐了。

如果故做清高，难免会觉得书店里谈生意，真是附庸风雅。但换一个角度，谈生意赚钱选在书香弥漫的地方，也不失为好事，那一区的人，就得到福荫，有个像样的书店待了。站在大落地窗外，我掏出手机拍照，一长排人坐在书店内的台阶上，有老有少，都在埋头读书。

春末时，我在光谷的一家咖啡馆打发下午时间。坐在我旁边的两个年轻人，在纸上写写画画，说要做一个网站，给那些想创业合伙的青年人，搭建平台，让他们可以找到伙伴，做他们的生意，赚他们的钱。两个大男孩双眼闪耀光芒，越说越兴奋。隔着一道木挡板，从他们话题里，我听明白了，一个是本地的，一个是浙江温州人。

夏初时，我跟着我的作家朋友胡榴明穿过江汉路。从前路过无数次的《大刚报》旧址的小楼，据她考证，原来胡兰成待过。昔日繁华的大汉口，商业文明下面，其实还有很多的文人故事，等待挖掘。我的另外一个朋友，武大毕业，青春留在地地道道的武昌。在南方生活几年，又满腔热情回武汉了，在汉口的胜利街开了一家叫清唱的酒吧。

这么多年来，武汉这座城，浑身上下扣满了刻板印象的帽子。就连一座城市的江南江北，也相互心存偏见。可这城市太大了，也太丰富了。长年累月身在其中，穿梭不同的城区，用双脚丈量，我别有体会。

也许曾经有过显著的江南江北各不同，而今渐渐趋同。夜猫子汉口友人们不乐意找我们早睡早起的江南人玩，而我们嫌江北太闹腾。但新城区大搞建设，习惯了充满各类学院的书卷宁静，我们渐渐地也体会到了江北生活的喧嚣红尘滋味。历尽物贸沧桑的汉口，只要你有心，它的老公寓、老房子，也年深月久累积了迷人的文化气息，很美很文艺。

我们曾经在江上往来，一桥飞架南北，路途漫漫加上堵车，还是嫌远，索性无事不过万里长江。有地铁了，在滔滔江水下面疾行，江南江北的居民往来自如，这座城的两种气质有了奇妙融合。

月饼迟到了

以人生为尺度来衡量，这简直是一件大大划算的事情。

在国庆节的前两天，我收到手机上的提示，我的一份图书合约快递到了。不过呢，这份快递在小区的代收点暂时寄存了。

当时的我因为脚崴了，行动不便，就打电话让代收的杂货铺送上门。我给他们报上了我的姓名和具体的楼栋地址，作为取件核对。

收到快件后，我却惊呆了，那是一件特别大的纸盒子包裹。

合同一般就是几张薄薄的纸，这是怎么回事？我迫不及待拿起剪刀拆包裹。

这是一盒北京老字号的月饼。看看时间，代收点的签收日期都已经过去了大半个月。

中秋节的前一天，这份月饼就到了家门口。现在都快国庆节了，才到我手里。

我有点哭笑不得。

最重要的是我的合同呢！迫于无奈，我只好一拐一拐地去了杂货铺。

后来，合约快递找到了，月饼迟到的原因也找到了。

每年重要的节假日，都会有一些合作过的公司，给我出过书的出版社，寄福利物品给我。

这么多年来，我一直收到各种奇奇怪怪的东西。比如某一年的春天，收到了一条一米多长的大鱼。还有的时候，看着电视上的美食节目展示蟹黄的美味迷人，我馋嘴流口水了几天，就收到了阳澄湖大闸蟹的礼券。我就带着我的猫，一起吃了一顿清蒸螃蟹。

然而，我换了电话号码。

那家出版公司的资料还是我以前的旧号码，快递打不通电话，导致那一大盒月饼静静地躺在代收点，基本上就是腐烂变质的下场。

机缘巧合，月饼又送到了我手里。

照常理来说，差一点丢了一盒几百块钱的月饼，会想一想频繁换电话号码的后果。聪明的人还会联想，会不会错过了更多的东西。

我却一点也不介意。

我常常更换手机电话号码，就是想给我的人生做减法。

每换一份工作，或者每经历一个阶段，总会在交际圈，认识一大堆新的朋友。

人生不过区区几十年光阴，弹指而过，除了极少数最为亲密重要的人，大部分的关系，大部分的往来，没有什么意义。

我对人脉广泛这种事情，特别冷淡。埋头做好自己的事情，让自己的工作能够给别人提供价值，自然会有大把的人主动追着你想合作，给你送东西。

真正重要的事情，即使没有我最新的电话号码，对方也会想方设法找到我。

而那些不分昼夜的诈骗骚扰电话，绵绵不绝的地产理财广告推销，还有无聊没意思的饭局应酬，换一个新的号码，基本上都可以隔绝在另外一个世界。

所以我一直勤快地换电话号码，整个世界都清静了 80% 以上。

以人生为尺度来衡量，这简直是一件大大划算的事情。

还有一种说法，认为多年电话号码不变的人，比较靠谱。频繁更换电话号码的人，不稳定，没责任心。

其实这是一种非常表面肤浅的认识。

人心非常有趣，生活当中躲避人际关系、害怕接电话的人，反而是责任心很重的人。因为这种人一旦跟别人接头了，就控制不了自己认真对待的心，倍感痛苦压力，干脆防患于未然。

而那些答应别人事情就像喝水一样简单、轻而易举就能虚与委蛇的人，扭头就忘记了自己的承诺，一点也不害怕接听各种电话。

我们真心愿意发生联系的人，其实是那些相处轻松的朋友。

我们真正愿意付出时间的事，只会是走心的、比较美好的。

幼年的味道

那时候春风对面吹，全然不知人生的疾痛、烦忧、贪婪、悲伤百般情愫，从此就要海涌而来。小时候的味道，和长大后的印象，渐渐彼此融合。

凌晨骤然看见一幅画作。胖乎乎而柔软的小女孩子躺在树丫上酣甜入睡，男孩在高半米的另一树枝上托首不知在想什么。他们的小狗梅吉小小的一团米白色，伴随左右。天高地阔，郊野之景。

那是中岛洁的作品。

心头被击中。鼻头闻到，那是小时候的味道。

念小学的时候，常常用玛丽纸品的笔记本，特别喜欢的绘画封面，如今才有确认。原来，那些封面尽皆是盗用他的作品。插画大师的作品漂洋过海十几年前，熏染到幼小的心灵。他给大人插画，最好的作品是画小孩子的插画。

我想起我的童年。好想好想。

童年有很多种划分。快乐或者不快乐，殷实或者贫瘠，上学或者辍学，太多命运归属性质的判定。

其实走遍世界也曾用的分类法是：

乡野童年与城市童年。不是在乡野，就是在城市。一放假妈妈就带我回乡下外婆家。我在乡野和乡下亲戚家的弟弟妹妹们，在地里挖掘出土豆来。我不是地道的农家少年，他们教我点火用枯草和瓦砾搭建一个微型的烧烤架，我们就地烤来吃。他们带我串游在麦地稻田边。一个季节有一个季节的食物。夏天蹲坐在桑树上跟蚕分东西吃，蚕吃桑叶我们吃桑葚。池塘里水未满我们钓龙虾，外婆给我们油炸虾米。秋冬就地折一根甘蔗不清不洗信口大嚼。

小时候生病了，是爸爸用自行车慢悠悠载我去医院，我闻得见抽烟的爸爸身上的烟味。就像我后来看蜡笔小新特别版《大人帝国的反击战》，小新的爸爸被爸爸的爸爸载在自行车后座，一家人去乡下玩耍。再然后，变成小新和妹妹小葵闻辛苦下班后的爸爸的臭皮鞋的味道。

长大后，还记得有一年，我生病要做手术，然后靠在爸爸肩膀上从医院回家。吊针输液的时候，他睡眠不足，趴在我旁边睡着了。我躺在计程车后座默然关注着车窗局部，望见天空蓝，望见树枝黑，望见风吹面。又闻到爸爸身上的烟味。回家后，仍然有赖妈妈照顾。总当痛苦之时，我加倍擅长怀念的幸福，回味念旧。小半生过去，久离原野，困居城市。所幸父母在身边，构成永不失落的守候。

病愈时是立春。很想念，很想念走在旷野上的童年。因为父母庇佑才有童年的单纯快乐。那时候春风对面吹，全然不知人生的疾痛、烦忧、贪婪、悲伤百般情愫，从此就要海涌而来。

小时候的味道，和长大后的印象，渐渐彼此融合。

树洞

人生难得一树洞，某些时候只剩下我和你。我们如此需要陪伴，你愿意暂时陪伴我吗？如果你愿意，那我谢谢你。

夜阑静寂时，人心最微妙。朋友小川给我发私信：一个人，睡不着，明月小楼孤独，无人诉情衷。

这家伙知道我多年跟心理学打交道，找我再适合不过。可我正犯困打算去睡觉，不想给他机会诉衷情。我跟他说："你可以找你的外公倾诉啊，他老人家就是很好的倾诉对象嘛！"

我去过他家，他妈烧一手好菜，他外公呢，是个 90 多岁高龄的老人家，听力特差，近乎聋子，别人说什么根本听不见。

于是小川生气："那我还不如找个树洞，学梁朝伟。"

我被他问住了，仔细一想，这真是个好问题。其实，我推荐他找自己外公倾诉是有缘故的。早年，我在接听心理热线时，请教过专家老师，有时候，有的打来电话的人，根本没什么重要事情求助啊，鸡毛蒜皮的琐碎烦恼，就是一直在电话另一头絮叨，很让人无奈，听多了接听的人也会心烦，搞得人感觉自己跟垃圾桶似的。我问，对待这种来电怎么办？

专家说，就让他们倾诉吧，这种人不是来找你寻求答案的，有人听着就舒服了。一般遇到这种情况，记得提醒对方，热线得给更多人提供服务，所以每个人的时间是有限度的。如果没有严重情况，就让他说十几分钟吧。何况，他说他的，你不一定都要去听。

专家的话让我还有我的同事如释重负。有时候遇到这种倾诉时，干脆一心二用，听一听，整理资料本的记录，或者眺望一会儿窗外的夜景。所以我才会建议我的朋友，就对着听不见的外公去说吧。他老人家既不会嫌烦，听到了隐私也不会大嘴巴到处传。

一个听若无闻的倾诉对象，跟树洞又有什么区别呢？除了人会伪装有反应，“嗯嗯”几声以示“我在听”。

去找树洞的人，其实是回到了小孩子的状态。小时候，当我们还是孩子的时候，会对着心爱的玩具、家里的小猫小狗等等，尽情倾吐心思。

成年之后，信徒可以寻找神父，现代人可以找亲友，找不到或者不愿意找亲友，还可以打心理热线。如果心理热线太忙打不通，身边实在没有活生生的人类可以充当说话对象时，星星月亮、花草树木，任何事物，都可以被我们拟人化。

一个人喝闷酒时，李白也孤独，但他会举杯邀明月，世人说他是浪漫主义，究其本质，其实也不过是一刹那的孩子气，就把明月当人用吧。

所以，树洞虽然不是人类，没知识没感情，但并不妨碍我们当成人来一吐衷肠。拟人化，拟的也是人。说到底，我们需要的还是人。即便你知道对方只是假装在听，有人愿意聆听你，你也得到了抚慰。聆听的本质其实是陪伴。

世界如此广大，万物在天地间逆旅，百代于光阴中过客。人生难得一树洞，某些时候只剩下我和你。我们如此需要陪伴，像理发师需要树洞。

你愿意暂时陪伴我吗？如果你愿意，那我谢谢你。

如果你无所畏惧

如果你无所畏惧，那么这个世界，会加倍赏给你生活的美好。

1

我有一个前同事白羽。这是一个地道的宅女，平时最喜欢看韩国的浪漫爱情剧和日本的动漫，对《犬夜叉》非常熟悉，对欧巴明星了如指掌。

她最大的梦想就是在单位里面一直安安稳稳工作下去。于是我们开玩笑跟她说，最好赶紧找一个本地人在一起，就能长长久久待在这座城市了，而且还不用太辛苦自己买房。

在早些年，让一个女孩子独立买房，还真是一件压力巨大的事情。且不说每个月还房贷就很可怕，拿到工资了再也不能买好看的衣服，不能轻轻松松租房，不能自由自在逛街了。而且，她的家人也催促她，还不如回到老家的小县城，轻而易举就能住上大房子，再相亲结婚，男方一般要买车，会更加惬意。

可是她读了大学，在上海工作过，又回到武汉工作，已经觉得人生适应了这样的城市生活。

她一直犹豫，听从我们的意见，开始尝试着接触一个城市里的男孩。

她谈了一个体育学院的老师。我们旁观者，持保留意见，因为她性格这么柔弱，遇到那种力气大，却不解文艺的男人，恐怕观念很难统一。

这段感情，以无疾而终收场。那个老师相当势利，搞清楚了她的收入状况，加上没有本市户口，就闪人了。

白羽有些难过，埋头工作大半年，决定在假期出门散心。

机缘巧合，有一次她在旅行的时候，认识了一个摄影师，跟这个摄影师恋爱了。这个摄影师不是影楼工作的那种，是电影电视剧圈的。两个人对喜欢的影视剧，相谈甚欢，一拍即合。

白羽很开心。

很快她又面临人生大问题。摄影师是一个长年累月跟着剧组跑的人。主要的工作地点是北京，但他不是北京人，也买不起北京的房子。

怎么办？要不要嫁给北漂的男青年啊？

2

在谈婚论嫁之前，当然是见家长。摄影师带着她，坐了十几个小时的火车，然后再转乘皮卡车，来到了内蒙古的大草原，见到了蓝蓝的天空和雪白的云朵。

白羽人生中第一次骑上了高大的骏马，戴着宽边的大帽子，围绕着帐篷毡房，体会了一把游牧民族的生活。摄影师的父母家人，带着少数民族的热情诚恳。

就在那一刻，她忽然笃定了，觉得可以和这个男人一起走进家庭。

她一直很害怕也很抗拒考虑未来，也不想再漂泊在大城市，没想到，因为爱上摄影师，忽然有了勇气。

她辞掉了武汉的工作，在北京找了一份新的工作。

她和摄影师男友租了房子，结婚了。

白羽在武汉一家历史悠久的老单位上班，非常传统和保守，上班的时候连 QQ 都不允许安装。去了北京之后，最终，她跳槽到了一家文化公司。

她在大学本科的专业是英语。她的新工作是总监助理，对接外国翻译作品，充分运用上了自己的所学专业。她很开心。

如果一直留在原来那家单位，她的爱情很可能无疾而终，而且只会继续做着不喜欢的事情。

到了北京以后，的确和预料的一样，北京的生活要面对高昂的房租，到处都是天价房子。能够买得起城郊楼盘，已经非常不容易了。

大家劝她，反正很多人都北漂，一直租房，或者在北京多赚点钱，回到家乡买房。白羽却不再害怕房贷什么的了，哪怕北京房价是武汉的好几倍。

人生总要为自己争取。

所以，白羽留在北京快五年的时候，下定了决心，她说服老公，一起坚定斗志，在通州预购下了一套两居室。

3

以前上班当同事的时候，她数学不好，连报销都觉得头疼。她只知道埋头做事，周末煲鲫鱼汤，看看超市的各色菜。

从买房子开始，她陷入了痛苦纠结。这世界上的房地产商，大部分很奸诈，总有各种不尽如人意的缺点。收房交房，拖延违约，她都遇到了。

她找我求教，我用我过去买房的经验，还有些微记忆的法律知识，给她解释。

一贯文艺女青年的她，把我说的内容，都记下来，耐心琢磨法律的意思，搞清楚了状况。

最后她终于拿了钥匙，存好了装修钱，开始打造自己的家。

她的微信状态，隔几天更新一下。

“今天订好窗帘，定做了若干寝具，明天再跑一趟送过去。不管有多慢，即使一次只能做一点点，几个月后，也会弄完了。

“我不怕慢，不怕上当受骗买教训，我怕不动，怕不做，怕嫌琐碎，头绪多，我怕看不上做小事，只想一次做出大事一鸣惊人，我怕这样只是眼高手低。

“我不怕维权，不怕丢脸，我不怕奔波一天还有别的烦恼，我不怕明天继续早起晚归。我都不怕。我只怕自己被不知不觉消磨殆尽。”

看着她的状态，我忽然觉得有点感动：以前的那个柔弱无主见的同事，成长为家庭达人，为了生活，强大起来。

她学会了为自己鼓掌，已经不再是过去那个迷茫胆怯的年轻女孩了。

4

她回武汉，我们几个老同事重聚，在一家西餐厅吃饭。

她说她喜欢现在的公司，把所有的产品都做得很精致，再累再费心，也觉得有价值。

真的，不管在什么地方工作，都会累，但我们希望累得有价值。她工作的项目，是《纽约时报》评价好书的中文版，她格外负责，细细做好每一步，很快进入了排行榜。

在商场里看见那个作品的漂亮海报时，她觉得无比开心。

新年时候，看见她发在朋友圈的状态，她是这样写的：“在新家住的第一个早晨，第一个傍晚。昨晚睡得很香，今晚继续。今天开伙，做了排骨海带汤，也很美味。”

配图是一棵刚刚开花的树，姹紫嫣红的，满是春天的气息。

过往的一切辗转反侧和畏惧，都淡出。

我想，从这一刻开始，她进入了人生的另外一个阶段，那是属于她自己的全新未来。她曾经以为自己会成为一个可怜的大龄剩女，在公司里低声下气。然而，她鼓足勇气，走了出去，没有饿死，还拥有了自己的家。

这个世界，加倍赏给她生活的美好。

手书

人对待感情的态度，差别只在些微的地方，只在一点点的用心。就是这么一点点，形同千万沙子流转的河流里的细微黄金之沙，弥足珍贵。

有一年，我跟一群朋友去了一座寺院。大伙儿玩得很开心，数完罗汉，跑到中庭看禅庭古树。那棵树是银杏，我忍不住摸了摸它碧绿的扇形叶子。旁边有沙弥指给我看：小心，小心，这棵树已经有一千七百年了，别扯落了它的枝叶。我赶紧缩手，仰头用鼻子嗅了嗅气息，不再骚扰它。当时的我，心头有一种奇异的感觉。

用惯电脑和网络的本人，很多年来，都保留着当年的纸质书信往来。不过，电子邮箱里的邮件，我也保存着，从 2001 年到今天，除了某家倒闭的网站害我损失了一部分。我用键盘写，也用纸笔写。

到今天我们重谈手工情书或写信这回事，你一定会问我，给几个理由。如果就事论事，就技术论技术，就便捷论便捷，毫无疑问谁胜利谁失败，没有悬念。唯一可以拿出来抗衡的，也不过是摸得到手感，甚至嗅得到墨水和纸的气息，以及感知时间推移当中泛黄的历史感。然而，这些都不是根本原因，也不是根本意义。

用你的手，写你的心，各种形式都可以。

然而，你愿意去选一种年头很久的形式，就有一点点的不同了。

这就是我开头为什么要提到千年银杏的原因。

走在我所在的城市道路，以及我家所在的小区，以及植物园，以及大学学校内，能够看见很多银杏。但它们都没有超过百年，我就是觉得，数十年的银杏树，跟百年的银杏树，跟千年的银杏树，有着存在和价值观意义的不同。所牵引出的想象空间，也不一样。

用人类坚持了一千多年的方式去做一件事，跟最近几十年内的方式去做一件事，真的也是不同的。执笔手写是人类的千年用法，敲打键盘，鼠标移动制作电子贺卡，精心美丽，但至多是几十年内的做法。

前者的心理倾向，恐怕更加靠近长久一点，这像是一个秘密的暗示，给自己的暗示。我去买顺眼的纸，我去挑顺手的笔，然后写下我想说的话。稍待几天或十几天，传达到某个地方。这样的行为在地球上，发生了千百年。

收到别人给我的电子邮件，我也感动。

可是收到古老的手写信件，我感动之外还有惊喜。我会想着，啊，这个世界上，居然还有人愿意为我重操手的千年用法，执笔写字。心头那种奇异的感觉，又一次涌现出来。我会想象，想象对方在何时何地，检查邮戳或落款日期，或者文字内容里透露的时间季节地理信息。人类千年来重重叠叠的惯性行为里，当下一刻，你写给对方，对方写给你，独一无二，难以完全复刻。古老的格言说世界上没有完全相同的两片树叶，是的，也不会有完全相同的手写情书。

世界不断地改变，我挺喜欢改变的。但在某些方面，我更喜欢不改变的做法。人对待感情的态度，差别只在些微的地方，只在一点点的用心。就是这么一点点，形同千万沙子流转的河流里的细微黄金之沙，弥足珍贵。

我表达了我的心，用古老的做法，当成一种特定的仪式，很郑重，也祈求对方郑重对待。

我不是什么时候，对什么人，都轻易这样做的。我只针对特定的人，特定的事，特定的节日，特定的你。

第三章

文字里的草木芳华

草木岂止在文学里芳华，
也在厨房餐桌成就美味，
我们又何必辜负这两全其美的自然之赐。

我想和你一起老

岁月渐去，我们人树俱老。

生命中，有树陪伴的这小部分时间，是独属于我自己的。

在我去买人生中第一套房子的时候，我有非常多的选择。那个年代全中国都还没有开始限购，只要手里的积蓄足够，我可以选择任何一座城市。事实上，那时候中国的房价低于我的收入。买房不是一件艰难的事情。十年之后众所皆知，大城市你一套房要耗费几十年的光阴，甚至两代人的积累。

还是说回当年吧！我在江南和江北不同的城区，徘徊了一大圈。又在大学附近，闹市的交通路口，还有上班的单位旁边仔细考察了一遍。最后选择了大学附近。工厂会搬迁，企业会倒闭，政府办公大楼也会更新，只有那些大学独占优势，靠山傍水，占据城市里面自然风景最好的地方。

然后我作出了一个最大的选择。我选择了一楼。

那时候门口的晚樱和栀子花，还是几棵瘦小的树木。

上班、下班、辞职。吃饭、睡觉、出门。多年之后，它们长大了，它们开花了。

很多朋友问我为什么要住在一楼，在我们南方，可潮湿了。我回答他们，因为我太懒，不想爬楼。将来家里老人腿脚不便了，也不用爬楼梯。

友人说，那你可以选择电梯楼啊！你们小区也有小高层啊！

我只好又回答他们，我害怕坐电梯。每次看见报章上那些出事故的新闻。就觉得还是一楼好，不用爬楼，不用坐电梯。

朋友们就不再继续追问了。他们相信了我的说法，其实我还有别的想法，但我又不好意思说出来。

我真的不好意思承认内心真实的想法是，我想看着那些树长大。我想跟它们在一起，以一种非常近的距离。住在二楼以上，就很难如此容易地触摸到树木。

我想看着它们枝繁叶茂，绿荫遮地，看着他们花开又花落，日暮黄昏，风吹过来，雪一般纷飞。下雨的时候，一定会有雨滴敲打着树叶哗哗作响。那个时候我可以发一会儿呆，想一想古人写过的诗，想一想人生经历的种种。

有时候一些鸟雀在树上鸣叫，我把窗子打开，桌子上有我吃剩的零食，这些不知名的鸟雀就会扑进来，啄几口面包，咬几粒葵花子或者花生。

还有的时候，阳光非常好，流浪猫会在这些树下睡觉。我就一直看猫睡觉，看猫伸懒腰打哈欠，看到自己有点犯困，回床上睡午觉。

我常常会外出讲座，有时候要照顾生病住院的家人，忙忙碌碌，焦头烂额。

有一阵子不在家，再回去的时候，总感觉那些树也在翘首以盼。

它们不声不语，平平静静，留守在原地，身在情常在。

为此我付出的代价是，每年梅雨季节真的太潮湿了。那几天地板瓷砖基本上总是湿答答的，我拿着旧报纸，一张一张铺在地上吸水，干燥了半个小时，马上又沤水。

住在一楼，炎热的夏天固然格外清凉，但到了冬天，开三个取暖器都不管用。

好处和不足联袂而来，唯有一并接受。

住在一楼，除了可以看树，白天还能看见各种人路过。他们大声说话，琐碎嘈杂。

一年又一年，树木们越来越茂盛，有些枝叶甚至穿窗而来。我在它们的陪伴下，写一会儿字，看一会儿书，听会儿曲子。时间倏忽流逝。

然后岁月渐去，我们人树俱老。

生命中，有树陪伴的这小部分时间，是独属于我自己的。

俯首为猫奴

也许海明威根本就没想过，自己会养那么多只猫。但是有了第一只，就会有第二只，你的人生，你的原则，就千里之堤，溃于蚁穴。

我一直不大明白，猫奴们都是什么心态。一个成熟的小区最显著的标志就是猫很多，尤其是流浪的。下雨的时候窗户上会突然跳出一只棕毛猫，居高临下死死瞪着你，意思我要避雨，你开不开窗？开啊，我能不开吗！看那猫的眼神根本就在说，做人没爱心，光棍打到老。

吃饭的时候阳台上传来大呼小叫，少不了也得把碗里的鱼分出去一半。你不给，它们有本事闹得你整个午睡都泡汤。

把猫赶走？那你就想得太天真了，没几分钟就卷土重来。饿肚子的猫会把家门口的垃圾桶翻个稀巴烂。

当然了，我之所以对猫持有爱心，也有一半原因，来自我友人的教导熏陶。

我有个朋友，养了六只猫，路过街头巷子，看见野猫，就忍不住蹲下身一脸谄媚：喵，跟我回家好不好？

那天我跟他一起吃完饭，这人老毛病又犯了，出了火锅店，带着一身酸菜鱼香味，立刻在门口引来一只黄毛猫。这家伙卷起袖子，把脸凑过去：老佛爷，您要不跟小的回去吧，咱绝对把您伺候得舒舒坦坦。

我呸。

不知道怎么回事，虽然瞧不上他的贱样，但我耳濡目染，被友人拉去逛宠物市场，一番游说，鬼使神差也养了一只猫。

但我这种普普通通的宠物主人，永远搞不懂顶级猫奴的心。

同是养猫的，我实在瞧不上他那副低三下四的猫奴小样。我这个朋友反唇相讥，别装了，你家那猫，上次我亲眼看见打你的脸，还连打了三次，你还不是吼两句，一根指头都没弹。

我必须和他划清界线，我是只对我家猫这样，你这种有猫就是主子的天生猫奴，大街上都是你的主子，没救了，快离我远点。

友人抱着黄毛猫喂它随身携带的妙鲜包，万分陶醉回了我一句：我乐意。

我好心提醒他，你再收留下去，一个月工资已经养不活自己了。我这位友人很认真地说，但是我还年轻啊！

我以为他会解释，年轻有力气，可以辛苦多赚钱。结果他说，我这么年轻，可以找个有钱的富婆姐姐，连人带猫一起收了。

我很悲痛，多年前最初认识这位友人的时候，他不是这样的。

据说真汉子海明威养了 34 只猫，这个一辈子俯首甘为猫子奴的大文豪，干出的事实在没法和他倡导的硬汉文学相匹配。不过他还说过一句话：“有一只猫就会带来另一只猫。”

还有英国以前的首相温斯顿·丘吉尔很爱猫。据说他养了一只大白猫，吃饭时一定要与猫共餐，不然就没胃口，无精打采心不在焉。他有时候到了该吃饭的时间，发现猫不在，就打发佣人去找，一直到找到心爱的猫，等它回来了跳上桌，才正式开始吃饭。

我想了想，记得丘吉尔是个大胖子。从我的实际生活经验来理解，叫大白的猫，一般都是胖子。于是我恍然大悟。一个胖子怎么好意思还大吃大喝呢？只有在另外一个胖子厚着脸皮大吃大喝的陪伴下，才好心安理得大吃大喝啊。

所以我认为，大白猫就是丘吉尔的胖子好友，在一起吃饭，才能丢掉愧疚。这就是这段故事隐藏的真相。

以友人和丘吉尔、海明威为镜子，我不得不警惕起来。也许海明威根本就没想过，自己会养那么多只猫。但是有了第一只，就会有第二只，你的人生，你的原则，就千里之堤，溃于蚁穴。有一点受虐，就会带来更多的受虐。

当然了，我是不会劝他悬崖勒马的，因为他已经躺在山底下了，并且回答我：臣妾做不到啊。

喜欢猫的人，大概最能体现爱的本质。

种一棵葡萄树

也许我会梦见大树在一夜长成，而我在风的中间大声喊着飞着。也许我会梦见葡萄藤子碧绿碧绿地爬满架子，无比真实地笼罩在童年里我的头顶。

很多年前就知道了那个大师的名字。是在香港电影里看到一个漫画作者，被老板要求：“没灵感了？来来来，我给你带了十几盒宫崎骏的录像带，学学人家找点灵感。”一大一小的两个女孩子，惦记着在医院休养的妈妈。到农村过夏天。在农村里，爸爸一开始根本没有发现两个孩子的秘密。晚间的风吹过来，凉凉的，晚上做了一个好梦，梦到肥胖的龙猫来了。

一起站在小花圃前，龙猫吹了一口气，一棵小树苗萌芽，一起吹气，萌出的芽飞快长大。惊讶狂喜里，一起使劲吹，种子，哗啦长成了参天大树。那么巨大的树木，茂盛得像是大瀑布。然后孩子们跟着龙猫一起在空中飞起来。向下看去，田地里有最新鲜的蔬菜，野外的绿色，是这个海洋的主调。

我还记得自己幼年在乡下的梦，我梦见葡萄的藤子一夜之间爬满了墙壁，然后爬满了整个农家的院子，甚至爬到房间里，一直到我的床前，而我醒了看见无数葡萄，开心地大吃特吃。原谅我，我从小就是个好吃的孩子。看《龙猫》的时候，这个梦一下子，窜到我的心里。我从来没有丢弃，只是临时收藏起来了而已。

那段生活，一切那么清新，却又遥远。城市里没有了，中国的乡村里多半被污染得也没有这样的了。电影里，直接在田地里就可以摘一根黄瓜吃起来，那是最清香的黄瓜。

我想起从前跟朋友们郊游，在村落，也这样摘黄瓜，擦一擦就吃起来。而现在，我想要让舌头吃到、让灵魂也吃到清怡的味道，只能够到菜市场上买，只能够在黄瓜味道的薯片里吃到。我不可能有时间啊，去旧日乡下的老家，躺在夏天冰凉的地上，甜甜入梦，那么就让传说入梦来吧。

至今，我还没实现在家门口种一棵葡萄树的梦。

也许我会梦见大树在一夜长成，而我在风的中间大声喊着飞着。也许我会梦见葡萄藤子碧绿碧绿地爬满架子，无比真实地笼罩在童年里我的头顶。

你可以拥有自己想要的生活

我情愿自己年轻时候多累一点，心安理得地过自己的人生。

这就是人生的真相。

你可以拥有自己想要的生活，前提是，你真心为自己去活。

十几岁的时候，谁没想过未来呢？

中学那年，我特别爱好文学，和其他的学生一样崇拜作家，看各种文学杂志。我很喜欢看《小小说选刊》，末尾附带一些闲杂逸事。其中呢，就有一篇文章里写，应该是林斤澜回忆汪曾祺说的那样，“动动手指就来钱”。那时物价低，汪老随便一笔稿费，就足够大伙儿去味道不错的馆子撮一顿。

得，那一刻，我心中顿时升腾起了作家梦。我的作家梦一点也不神圣崇高，完全基于这么一个朴素的想法：写写就有稿费，可以吃好的，也没有风吹日晒雨打。我开始琢磨起投稿，很快，在武汉的一份小报纸上发表了一首诗歌。

回家后我才发现，报社寄给我的样报，被我妈拿去擦桌子了。她以为是垃圾广告。我哭笑不得。好在信封还在，里面还有一张纸，上面解释说，副刊为读者园地，没有稿费。

好吧，我就不生我妈的气了。虽然没有钱，但总算发表处女作了，我增加了几分信心。整个高中生涯，我都在文史哲科目上用功，基本上全校第一。数学凑合，英语垫底。

高考后填志愿，我选中文，我爹一口否决："读什么中文系呀，将来不好找工作。"

"那选什么专业？"我不乐意了，中文在我心里是神圣的专业，是通往作家梦之路。

我爹笑着说："法律好，现在的大热门。再说到了大学，课外时间还是可以弄你的文学。"

我有些委屈，但也辩驳不了我爹，我又不知道大学生活到底是怎么样的，就这样莫名其妙随波逐流去念法律系了。然后我发现，读法律也是可以发表文章的，大二投给《光明日报》《中国青年报》几篇法律文章，一两个星期后就发表了。样报和稿费寄到系里，收到时我高兴坏了，好几百元呢。

我去校外餐馆把炸鸡腿、水煮肉片、酸菜鱼、雪碧和可乐点齐了，请上要好的同学一起大吃。这导致此后只要看见我的名字出现在图书馆的报刊上，他们就主动出现在我面前约饭。

我爹没骗我，大学是自由的，学法律不耽误文学，我参加学校的诗社，拿了个省共青团的诗赛特等奖；在杂志发表散文小说，稿费也不少。从此一发不可收拾。我终于过上了梦寐以求的动动手指就来钱的日子，没毕业就买了电脑，提前迈向经济独立。

2002年的年底，离大学毕业还有半年，我提前去了一个心理学刊物求职。老总招聘时直接要了我，理由也很搞笑：“法律专业理性，你又能写感性的文章，招你很划算。”

那时我已经不偏执了。法律也好，心理学也罢，不管什么专业、职业，消化了，不妨碍文学，还有益处。

这个经验，对我的三观改变很大。

你说是感性好还是理性好？你说了不管用。对于他人来说，你能兼顾最好。因为性价比最高。

每到我看到突然就辞职，说走就走去旅行，突然换一种生活的故事，心里都不以为然。因为这样的故事，只讲了一半，不完整。

人生如逆旅，很多人在某一刻，会涌起一种逃跑的冲动。

那一刻，你不想上班，不想结婚，不想愁苦，不想成功，不想拼搏，不想努力，不理睬社会，不关心人类，不要求鲜花赞美，不在乎诋毁，放弃一切，只想听从自己的心，说走就走，奋不顾身。

谁不想做自己呢？

可是做自己，也是一件需要可持续发展的事。社会没有义务惯着你养活你，哪怕你文艺得飞上天，你总有回到地面上吃喝拉撒的时候。

所以我特别喜欢李宗盛的演唱会主题“感性与理性”。

为了获得靠谱的自由，为了过自己想要的生活，我用了八年的时间来做准备。

我开始买房，开始储蓄。我从一个对经济对理财一窍不通的人，渐渐变成一个略有了解的人。从拿到转正后的工资的第二年开始，我就每个月按时零存整取。

我在各种报纸上，在网络上，看各种关于房子的研究和争吵。可是，他们吵他们的，我想的是，我要有一套可以自己做主的房子。当你拥有了，你就不必再去浪费心力为这个东西烦恼了。

哪怕当时的房价，是本市人均收入的三四倍。隔了近十年看，本市现在的房价还是三倍左右。

2005 年，我在自己二十三岁时，买房了。

既然我有住所了，只需要按时还贷就可以了，为什么不换工作呢？我已经对当时的那份杂志工作，厌倦了。

我的一个作家朋友，很反对买房，她觉得完全可以一直租房。后来她被房东驱赶，一气之下决定买房时，房价已经变成了天价，真的成为巨大的负担。她很不开心。

我一点都没有幸灾乐祸，也没有那种“看吧，当时不听我劝告”的想法。选择了一种生活方式，就是选择为之付出的代价。遗憾的是，她原来没有自己想象的那么豁达，可以承受改变规划的压力。

其实人生肯定充满了意料之外的事，世界上也没有什么完美计划，但是最起码，我可以做好自己该有的准备。

我问自己，你想要过什么样的生活？什么样的生活是我想要的？好像一下子无法具体形容。但是，我可以从相反的角度，来勾勒那种生活的轮廓。对，我很清楚，我不想要什么样的生活。

我不想朝九晚五，我不想每天都花两个小时以上，堵在这座城市的马路上。我不想工作日起来的第一个念头是上班不要迟到，打了卡别被扣钱。

我不想坐吃山空，花光了这个月的，就没钱用了，如果生病了，医药费都没保障。

我不想完全为了稿费，去写自己不喜欢的东西。虽然多多少少要写一些及格线上交差的文章，但大多数时候，我想写让自己高兴舒服的文字。

我不想出去玩还要缩手缩脚，太精打细算，把攻略研究个没完没了，反复比较，找最便宜的旅馆，以至于到了目的地以后，没有真正的惊喜可言。

2007 年的时候，我辞职了。说来很好笑，跟头儿在办公室递辞职信时，居然开始叙旧。说起往日的种种相处合作，我居然洒了几滴热泪。

当我有了人生里第一个二十万块钱的时候，我就在想，假如我完全不工作了，能不能不依赖他人，完全靠自己吃饭呢？显然二十万完全不算什么，在如今的年代，并不能坐在家里吃很多年。

我又想要自由，可以随心所欲地写东西，又要不愁温饱，怎么办呢？

我心想，这附近都是大学，再不济，房子租出去，七八百块钱的租金，可以有吧。我又不算那么贪心的人。我只想比银行利息多点，把它当一只母鸡，一个月生一个蛋，可以长久吃下去。

再怎么样也不会穷到没饭吃，要去借钱或者蹭亲戚朋友。

2008 年的时候，我又开始看房了，下手了一套小公寓，用来“收租”。

那是世界金融危机爆发的一年。在售楼部，我缴纳了全额房款，结果，那个销售主管偷偷跟我说：“你胆子可真大啊，现在都没几个人还敢买了。”

可是别人敢不敢，跟我有什么关系？我确信，这是吻合我的人生之路就好。我笑笑，也没什么话回答那个销售主管。

我给自己买社保和医保。

我在死宅的日子里，一年中，大半的时间自由散漫，但还有一小半，会和圈内朋友约个饭局，了解一下当下的行业情况，随便跟上风气潮流。

2010年的时候，我开始“收租”了。

一个背包，一个人，天南地北独自跋涉，自由自在。我不必跟父母交代什么，因为我完全养得起自己，而且照样在沿途写稿赚钱。我给了他们安全感，他们就给我自由。除了叮嘱注意安全，别无他话。

2011年的时候，我又去了一趟厦门，在大家都很想去的那个岛屿上，轻轻松松，认认真真地玩。中间和陌生人聊嗨了，变成朋友，几个人直接约定去下一个地方溜达。

我想这就是我想要的生活。梦想可以照进现实，因为我心甘情愿付出了代价，然后收获。

到今天，我并没有像那些特别有钱的人那样，物质丰盈。

不过，我知道我那些享受了父母福荫的好处的朋友，动不动就被念叨，被插手人生。当然啦，得到了上一辈人的好处，多多少少总得听他们的话。你的自我和自由，必然大打折扣。

这又有什么好羡慕嫉妒恨的呢？我情愿自己年轻时候多累一点，心安理得地过自己的人生。

这就是人生的真相。

你可以拥有自己想要的生活，前提是，你真心为自己去活。

松菌和竹笋是对的

能在历尽苦难饥饿后，将有限的生命，引回宁静本来的样子，是莫大的信仰。

我认识的很多友人，无一例外喜欢逛手工集市。有一年我被拉着去看了创意市集，看着那些花花绿绿的小玩意儿，漂亮纸品扎堆，堆满了色泽很LOMO的明信片函件。

小巧的手链镯子还有编织物，无一不带着自得其乐的意思。然而，这已经是物质丰盈年代的后手工时代。他们拥有更加多的选择和审美，带着精致的修饰。作为一个而立之年的人，我深刻记得前手工时代里，那才是化腐朽为神奇的惊叹。

小时候，隔壁的一个姐姐，擅长编织，素材不易得，那就跑到医院里，把输液后废弃的透明塑料管拿回来清洗清洗，折叠一番，赫然变出一条水晶般剔透的小鱼儿来。至于调节点滴速度的蓝色小滚轮，就绑在头部充当鱼眼。有一年我生病，被她叮嘱把输液管拿回家，奖励就是她的手工艺品。得到那么一串小鱼儿，走在阳光里，少年时代的我，开心不已。这种是非实用的，是孩子们的玩意儿。

另外一种是大人们的。我父母单位的同事，家家户户的很多实用物品，多数是自己做的。比如窗帘，用过的被褥边角磨损，裁剪撕开，挂起来就飘扬了。比如装过麦乳精和水果的罐头，各色瓶瓶罐罐，但凡有点“姿色”的玻璃陶瓷材质，都逃不过担当花盆、花瓶的宿命。清水盛花，自有一种意境。

最近《舌尖上的中国》很热门，看的人食指大动，里面提到一种小镇专门承接宴席的厨子。我母亲当年做会计之余，谋取收入就是靠这份副业。她就是一名制作流水席的小镇厨师。那类宴席，要求一次能出大量米饭菜肴，于是就需要巨大的木桶、巨大的笼屉，这些就不是工业生产的，是母亲会同外公或亲戚拿竹子编的。除了物品，还栽种。

中学时，我家阳台开辟了一块菜田，番茄、黄瓜、辣椒长出来，叫人看了双眼清亮，内心充满喜悦。所以后来我愈发理解，为什么三毛那么风靡了。作为一个作家，她的文字闪耀着太多亲自动手的信念之光，这信念，说得雅致点，叫寻找自己的世界，乃至创造一个自己的小世界；说得直白点，那就是不论何时何地，乐观地活着，生活本就是亲力亲为，才算真的属于自己。

所以她去了最贫瘠的沙漠。被风沙干枯的动物骨头，都能做出壁饰，废弃的轮胎包裹了布料棉花，也可以变成舒服的坐垫。这份对手工主义的极致热爱，深得我心。及至后来，社会渐渐生动繁荣起来，前手工时代，就逝去了。

但不管前后时代，实用或非实用，自己动手永远是最靠谱的，也是我辨识一个人的重要法则。如果高蹈善谈大义，却掌握不了最基本的生活细节，这种人绝对当不了朋友。我的母亲，小时挨过饿，至今都能轻易在窗台种出几棵小葱、蒜头、白菜，拿布料做枕套，旧衣服做出空调罩子。

做手工，种菜，本质上都是一回事，就是生活本身。木心写过一段话：“大动乱的年代，颓壁断垣间桃花盛开，雨后的刑场上蒲公英星星点点，瓦砾堆边松菌竹笋依然，总有两三行人为之驻足，为之思量。而且，每次浩劫初歇，家家户户忙于栽花种草，休沐盘桓于绿水青山之间。可见当时的纷争都是荒诞的，而桃花、蒲公英、松菌、竹笋的主见是对的。”

我特别喜欢这一段，甚至觉得，这个名单可以开出老长。不管南方北方，枇杷、杏还有香椿的主见，也是对的。

这些草木和物品不是野趣，乃是因人而生的态度，是知人间滋味的，专注于它们的存在就是对的。比任何拼斗心智的人类行为，都要崇高明慧。能在历尽苦难饥饿后，将有限的生命，引回宁静本来的样子，是莫大的信仰。

林黛玉赏花

真正的大生活家，必须有特殊的旨趣，能够化腐朽为神奇。

你知道用什么办法烤出来的面包片最香脆好吃吗？特别是在寒冷的冬天，你又没有烤面包机时。有个很适宜的道具，就是电吹风机啦，面包片上涂点黄油，吹得焦香可口。这是我小时候读到的一本往事回忆录里记载的，那个上海的作者写他落难时的苦中作乐。

聪明的你肯定也会触类旁通，视线转移到身边家居的物品上面，冒出各种奇思妙想的用途。

如果不是沦落到荒岛求生，大部分人会养成习惯，完全依赖于分门别类的各种精细工具，相比较之下，我特别迷恋日常道具的小撇步（英文 TIPS 的音译）。

这些生活经验，不一定都是懒人发明的，也可能是处在很不方便的状况，脑袋转个弯，火花冒了出来。也有些根本就是抱着好玩的态度，一种工具换一个用途看看，也很有趣。

从前在一本老杂志上看到过对这一类人的总结，把他们定名为生活家，或者小生活家。在我看来，其实恰恰相反。生活家有大中小三种境界。

说句通俗的话，现在交通便利，物质发达，全球旅行、世界美食、钢琴音乐会、奢侈品，这些是人都会爱，一个人擅长这些，算不上生活家。游览鳕鱼浮出阿拉斯加的湖，去一趟西藏看看鹰飞过天空，知道珠玉的文化背景和渊源，乃至囤积奢侈品，有钱和有闲即可。就算精于此道，充其量算是有钻研的品位，追求风雅，但本身谈不上什么风雅，本质上也不过是像钱穆所说“无特殊情趣”，恶俗。这种只配叫小生活家。

第二种呢，就是像我印象深刻的，幼年读到的吹风机吹面包片的办法，化平凡为神奇，可以叫中生活家。比如有个女作家率先讲出矿泉水和荔枝同服有香槟的味道，这是她的私人发现，别人没想到，顿时妙不可言，让其他人纷纷跟着去验证尝试。

而真正的大生活家，必须有特殊的旨趣，能够化腐朽为神奇。就说花吧，数年前的春末，我和一众友人游过城郊的一个民俗村后，品尝了一桌花叶入肴的菜，那一顿吃得宾主尽欢。不过美味归美味，其实我心知肚明，鲜花下油锅，吃得再风雅，也不过是附庸。这其实挺代表我等凡俗人对花的态度。

一般鲜花的用处，不外乎是追女孩子要送花，布置会场要摆花，祭奠他人要献花，礼拜佛祖亦可清水鲜花。

古代的中外国人，都有提炼花的精华做香水或精油的风俗，演变到现代，做出了名气，就变成了奢侈品之一。

在市井中，普通人也会摘花当饰品插满头的，制成干花泡茶的，经济实惠，再拼凑出一番养生之道，也很受欢迎。

至于拿花当作摄影绘画写诗的题材的，过往千年多得不得了，男子伤春叹流变，浮沉人生，风吹雨打，女子惜年华和悲命运，文辞动人。

还有拿花比作美人的，有花堪折直须折，莫待无花空折枝，那花只是喻体，是抒情的叹惋。这些都如恒河之沙，统统不足为奇。诸如此类，都叫利用。

再深刻一点的，一代大哲王阳明游南镇与友人对答。友指岩中花树问曰:“天下无心外物。如此花树在深山中自开自落，于我心亦何关?”王阳明答:“你未看此花时，此花与汝心同归于寂。你来看此花时，则此花颜色一时明白起来。便知此花不在你的心外。”这也不过是以花譬理，心与物，明白与寂隐，道理早就在他心中了，刚好有事物指代，便趁机发一通见解。有见识，却无情。

只有一个女孩子做了一件独具一格的事情，葬花。就这么一个字放在花的前面，与所有人都截然不同。她是个什么样的人物，她有什么样的气质，她有什么样的品格，境界全出。

这女孩对世上极为美好的事物是什么态度?是给予万物之灵——人的待遇。诞生，鲜妍明媚，直到凋落，尔后她扫起收入锦袋，埋入香冢，以全葬礼。

和另外一个与她并列的女孩子比较起来，对照分明，“要春天开的白牡丹花蕊十二两，夏天开的白荷花蕊十二两，秋天的白芙蓉花蕊十二两，冬天的白梅花蕊十二两”，然后呢，制作成冷香丸，当药来压制热毒用，顺带散发出体香。仍是个俗人。

千载赏花之人，谁想到过去葬花?此举之令人惊罕，正在于这是从来没有的特殊旨趣，也是旷古的有情心田，将人共有的情怀，作出具体的仪式举动，表达为对美好逝去的致敬，显现为实质。这世上到底有没有过这样的女孩子，有如此举止，只有写书的那个人知道了。

光明之心

我们心中的光明与黑暗，我们生命里的温柔与暴躁，并不固定守恒，而是随心倾斜的，愿你和跟你在一起的人，以光明之心温柔相待。

有个卷饼的段子，当时逗乐我了：一个在康师傅当促销员的男生，自己吃超便宜拌面，给恋人买了一份超大量的卷饼，结果女友拿到以后说了一句太油，吃了口就丢了，然后那哥们儿就在学生街门口哭了。

正所谓，“没有在深夜对着咬过一口的卷饼痛哭的人，不足以谈人生。”

在长江流域有座有名的小城，出过很有名的君王。有一次去那边，晚饭进了一家西餐厅，我在里面吃到两道非常有特色的菜。一个是芝士鸡肉焗饭，散发着巨量的柠檬清新香味，吃起来极为酸酸甜甜少女气息。而另外一道肉酱意大利面，肉末和洋葱漂浮在面汤上，特别有创意，如湖上泛舟。

我曾经以为这是我吃过的最好吃的菜，但是我错了。

在江南的某座城市有条街叫狮子桥，那里有家酒楼，里面有道菜名为芒果百吉胜裙边。非常好吃，推荐你一定去吃。因为我和女朋友一起去吃了。

你是不是好奇，什么是百吉胜裙边？也就是北极贝。芒果清甜，北极贝新鲜。吃到这道菜的时候，我感动得双眼泛泪。

如果换一个场景，只有我一个人吃的时候，我一定会拍案大叫，经理或者服务员，麻烦过来一下。

显然，我没有这么做。

更加显然的是，我是在说反话。

本来应该清甜的芒果和北极贝，被最浓郁的芥末腌过。以压倒性的胜利，打败了独孤求败的柠檬酸甜味的芝士鸡肉焗饭。用一个比喻来说，就是葛优摆出舒淇一般的妩媚姿势向你索吻。

至于那道意大利面，也许厨师是个西餐厅里的无间道，身在曹营心在汉，坚定不移用中式肉末番茄汤面的原则来料理西式番茄肉酱意面。

结果我们被芥末味的芒果搞得两眼泛泪含情脉脉，然后哈哈大笑了，并且约定好一定要向亲朋好友推荐，请他们去品尝这道美味佳肴。如此黑暗料理……不，是“光明”料理，当然要分享给更多人啊！

食物很难吃，但吃得比遇到最美味的东西，还要开心。总有人坐在你面前，让你不舍得破坏在一起吃饭的气氛，情愿化糟糕为欢乐。顺便我们还给厨师找了个很好的理由，要不就是被老板骂了，要不就是失恋了心情不好，所以下手这么狠。

这叫作黑暗料理的光明吃法。

所以我们也没有叫经理过来，也不会为难服务生。

也有很多人结伴去吃东西，料理本身光明无比，但用的是黑暗的吃法。八十分的菜，一百分的标准，求全责备挑剔白眼，陪同的人服务稍微不周到，赌气摔下刀叉。或者，到嘴的食物不对胃口，抛弃在地，就地仆街。比如开头那个卷饼的故事。

我们心中的光明与黑暗，我们生命里的温柔与暴躁，并不固定守恒，而是随心倾斜的，愿你和跟你在一起的人，以光明之心温柔相待。

文字里的草木芳华

草木岂止在文学里芳华，也在厨房餐桌成就美味，我们又何必辜负这两全其美的自然之赐。

昔年我的老师授课闲暇之余，跟我聊及，如何才能取出雅致的名字。取名乃是人立世间的头等一件事，想要名字雅，最好多用虚词，比如“之乎者也”，最立竿见影。再寻章摘句一些，就翻古典书籍，跟虚词结合起来，没有不美的。

《四书》因为严肃正经的部分多，多半用来给男子取名。给女孩子寻找美丽的字眼，就首选《诗经》了，芸菲薇莱萍荇萱葵……俯拾皆是。

不过呢，认真来古今对照一下，那可就妙趣横生。“南山有台，北山有莱”。莱是什么植物？就是今天的萝卜。

在《采薇》那一首里，“昔我往矣，杨柳依依。今我来思，雨雪霏霏。”动人又唯美，可是薇又是什么？其实是指的野豌豆。

至于那个葵呢，不是今天熟知的向日葵，而是冬苋菜。

小雅里的“蓼萧”就比较贴近生活了，蛋糕店里做青团得用它，也就是艾草。

还是在小雅篇里，“苕之华，芸其黄矣。心之忧矣，维其伤矣。”芸出现了，这又是什么植物呢？这种就是地道的人间烟火，也与健康饮食亲密挂钩，此乃油菜。

说到健康，还有一个很讨营养学家欢心的“莜”，现代人精制米面吃太多不好，应该多摄入粗粮谷物荞麦。

而“芄兰之支”的芄兰，则是秋葵。西餐里腌制了食用，中餐里做汤、凉拌、清炒都适宜。

“蒹葭苍苍，白露为霜”，这个相对知道的人多点，蒹葭也即芦苇。还有众所周知的忘忧草“萱”，它是常见的黄花菜，清嫩可口，是我很爱的一道菜。

这么一番对照下来，那些携带着《诗经》文字为名的女孩子，原来费尽思量取的优美名字，都是萝卜豌豆油菜荞麦之类。大雅好像完全变成了逗乐俚俗。

可是，文字初生，给遇到的事物命名，很难精细，不过是取其意。

全仗着时光淘洗，尔后闪烁温润亲切的微光。与其说是古人素朴，今人盲目崇拜，倒不如打破执迷，直指本质，雅俗不过是文字游戏，说的本就是同一种东西。

这对照并不妨碍我们千载之下，念着那些悠远的诗句，口齿噙香，心随意动，同时兴致勃勃地把这些蔬果野菜带回家，烹饪加工落入碗碟中，制成好料理。草木岂止在文学里芳华，也在厨房餐桌成就美味，我们又何必辜负这两全其美的自然之赐。

有时雅有时俗，切换自如的人生，最富情趣。

读书的意义

人凭什么勇往直前？就凭生命是有限的。你明白了一切欢喜苦难都有尽头，不过如此。那就向死而生，继续活下去。

在看了电影《金刚狼》结局篇的时候，感觉特别沮丧。真实的生老病死，真实的狼狈不堪，真实的尴尬无常。

换了从前，我恐怕会悲观很久，而今只伤感了片刻，反而更加觉得要勇往直前。生死皆有限，岁月何足惧，光热再微小，自会在文字中长存。

很巧，收到了读者吴桐桐的来信：

想跟你说，感谢你的文章，陪我一路成长。

高二时无意间读到你的文章，摘自《那么一点点美好》当时，只觉得你的文笔很吸引人，对待人生起落沉浮别有一番见解。

后来，时光的脚步匆匆，进入高三，那本刊登你文章的杂志，早就不知道被塞在了什么地方。

那时候，一身心沉入高考的奋战中。只是，事情总不会如我们想的那般美好。一模，二模 以至于高三整个上学期 我的成绩一直在不断下降，连我的班主任都问我，你到底怎么了。

或许，这在现在看来，不是什么大事。但在那时候，千万学子都在为高考奋战，都期盼着通过高考走出我们那个封闭的小城。成绩一落千丈大约就等于 梦想破碎的声音吧

成绩跌落的最厉害的时候，我整天浑浑噩噩的，感觉自己的身心已经被掏空了，有时候甚至会想，从我们的教学楼上跳下去会怎么样。当然，也只是想想。

可是就在那时候，在自己都要放弃的时候，无意间又翻见了你的那篇文章。你告诉我，去经历生命中的一切，体味酸甜苦楚。一切的一切，都是为了让自己的生命更加丰满而有意义。

我把那篇文章裁下来，贴在摘抄本上，每次遇见所谓的挫折或者自己懈怠的时候，都会翻出来看一眼，于是高考奋斗，被赋予了更有意义的意义。那是我高三的精神食粮。

后来的后来，六月份全城高考，七月份填报志愿，九月份进入大学。改变的东西很多，但是，不变的却是那种去勇于尝试经历一切的精神。

现在的我在大学的校园里，知道还有更美好的未来需要我去奋斗。但是还是想送上一份迟到的，谢谢你。只是想把我想说的说给你听。

这大概就是文字里的光热。念念不忘，听见回响。写作带来的快乐，也在于此。

宋皇帝赵恒有几句话特别有名，“书中自有千钟粟，书中自有黄金屋，书中自有颜如玉。”

这种态度其实是正确的，实用的。但是，它有局限性。如果你的读书，赚不到钱，找不到美人，也得不到很多食物，怎么办？

还是要读书，因为书里还有更高的人生意义，等着你去领会。千百年来，所有的聪明才智，都在书里了，等着每个笨拙的孩子去发现，搞明白，然后长大，变得聪明，去成就自己。

人凭什么勇往直前？就凭生命是有限的。你明白了一切欢喜苦难都有尽头，不过如此。那就向死而生，继续活下去。

你明白了，不计得失，不理毁誉，心里想要的，那就倾尽全力去争取。但行好事，莫问前程。

把莎士比亚的两句诗，送给你们：

Work hard for one day and you will get a good sleep for one night.

Work hard during the whole life, and you will go to Heaven.

勤劳一天，可得一日安眠；勤奋一生，可得永远长眠。

风吹哪页读哪页

我自己看书就一个原则：风吹哪页读哪页。喜欢就看，不喜欢就丢开。

正常的人性，正常的阅读，本来就是碎片式的。

有一年世界读书日，在成都做新书发布会，那天围绕我的新书发布会，还有一个辩论活动，我们应该选择碎片化阅读，还是深度有体系的阅读呢？

当地报纸记者也问我，怎么看待现在的阅读矛盾？

我说，我特别支持特别赞同碎片化阅读。这些年，碎片化阅读被污名化的太厉害了。

因为手机电脑普及后，其实让更多本来不怎么阅读的人，也开始阅读了。人的阅读需求，是分阶段的。先容易消化的，再啃骨头。

先看零敲碎打有趣好玩的，入门了，被深深地吸引了，然后胃口被吊起来，自然忍不住去深入阅读，想搞清楚深层次的东西。

这就跟我们逛街，路过蛋糕店，店员邀请你试吃一样。对胃口，喜欢吃的东西，我们试吃了，就忍不住长年累月开始购买。

在那个辩论赛上，我是评委，我选了支持碎片化阅读。

我跟李泽鹏带队的对方辩论队说，我特别希望你们打败我们这队，因为我是出版实体书为生的作家，你们赢了，就说明都会去支持买书，进行全书的阅读。而不是手机上看个零碎几篇，挑几个喜欢的段落句子发发微博，根本不买书了。

“碎片化阅读”有个要区分的重点。什么是碎片化？到底是指利用零敲碎打的时间呢，还是只看零碎的文章？

举例，在地铁上十分钟看几千个字。陆陆续续看个十几天，看完了一整本书。这属于碎片阅读还是完整阅读？

所以大家所说的碎片化阅读，更倾向于指的是零敲碎打看一点局部内容。看过的碎片，无法在最后组成一个体系整体。

那唐诗宋词怎么办？本来就只有几十个字，再怎么阅读，也就几分钟。坐公交车瞟两眼就能读一遍，在地铁上看一遍，也就是坐一站的时间。少年时代十几分钟背下来，中年以后有人生阅历了，几分钟领悟了，这算什么阅读呢？

现在很多手机阅读，一两千字，本来就已经是完整文章，完整的体系了。我觉得这才是重点。

我还要告诉大家一个事实，信息传播是和技术密切联系的。因为有了印刷技术发展，才会冒出单行本，有了那么多纸书。因为有了杂志，才有那么多短篇小说。因为有了手机，才会千字文流行。

18、19 世纪的作者特别爱写大砖头著作，厚得砸死人，是因为一本书需要那么多字，书商才好定价卖给读者。很多欧洲国家的大文豪直言不讳，字越多，稿费越多。字多了，书才厚，定价高，版税才高。字多了，读者才能慢慢看打发时间，买到觉得赚到了。

就好像金庸小说的连载，是为了帮助《明报》的销量。故事越拖长，报纸越好卖。这跟今天的起点网文模式是一回事。只不过金庸知识渊博文笔好，有思想有文化，故事写的很高级。

过去的时代没什么娱乐消遣，看书就最大的娱乐消遣。一本厚砖头文学小说，环境描写可以几万字，心理描写十几页。普鲁斯特那套“臭名昭著”的《追忆似水流年》就是典型例子。据说畅销全世界百年，至今看完全书的没多少人。这书也一直是很多人装腔作势的利器。

有个真相完全可以直接戳破——如果不是为了稿酬版税，作家们完全可以不写那么长，那么多字。如果不是为了评职称，面子好看，很多学者专家的书根本没必要出那么多那么厚。

我真的被坑了很多次，我常常在网上买了一堆书，看书名非常有内容，拿到手发现几十万字的书，十万字就能说清楚，是作者自己控制不住话唠，不够精练。有些十万字的书，其实几千字就能说清楚。

阅读本身，也是因人而异的事情。你觉得一整本书看完很好，很体系化，但是我要是就喜欢其中一小部分，只爱看那一小部分，只有那一小部分对我有用，我干吗浪费时间看完全书？

我自己就是资深文字工作者，对书太了解。

说“碎片化阅读”不好，是个很可疑的伪命题。

你在手机上看的只言片语，也许跟你在电影里看的情节结合，造就了你的深度领悟全面观察。你在微博微信看的一篇博文，跟水果店老板问到的挑水果分辨知识结合，也许造就了你的生活品质的提高。

我们现在已经不是单一渠道获得信息，往往是多方面渠道获得的信息，融合一体。

你在地铁上看一段电子书，一句温暖的话，也许就成为你失恋时候，对心情的慰藉。你吸收的碎片，用在了你需要的时候，配合你个人领悟，那就是全部。坐高铁的时候看几页纸书，如果书好看，肯定能够吸引你读完。

在没有手机电脑智能阅读装备之前的年代，绝大多数人看书，其实也是很随意的。除非是为了考试和做研究，除非时间充足，书很精彩，长篇悬疑推理很勾人胃口，才会一口气看完。

我自己看书就一个原则：风吹哪页读哪页。喜欢就看，不喜欢就丢开。

正常的人性，正常的阅读，本来就是碎片式的。

钱锺书看书都是边看边做笔记，什么书都看，这看一点，那个看一点，不爱看的丢一边，慢慢积累的。何况我们寻常人？

我把窗户纸再戳破一点，说句不要脸的话，就算现在的人不把那些时间花在碎片式阅读上，也不过是用到更多的吃喝玩乐上。

只要你拿起手机阅读，只要你开始阅读，那就是阅读本身。积累到一定数量，珍珠就不只是串一条珍珠链了，而是珍珠海。手机之类电子设备上的碎片化阅读让本来不大阅读的人，也开始阅读了。降低了阅读门槛，带来的是各种奇妙的化学反应。甚至带来了跨界的创新。

作家的心情

一个人如实地活成自己，总有可爱之处。爱哭爱笑，都是我自己。

一场活动签售会上。有个男孩帮他女友提问，他女友时间来不及到现场。他的问题是，“沈嘉柯先生，你是一个作家，写作的时候是什么心情？”

真是个好问题。别的作家写作的时候是什么心情，我不是很清楚，我最了解我的心情，那一刻，是我，又不是我。

我在写小卖部的老爷爷的时候，我觉得我接近了一个老人的平静，心里变成了老人。我在偶遇小区里的猫的时候，我觉得自己是猫。我可能是世界上的别人——动物、男人、女人、老人、小孩，我也是我自己。

写作是人世间最寻常的魔术。我们一边按照自己的记忆和爱憎思索，一边按照想象，进入他人的内心。

自从我发胖了以后，读者粉丝已经不再用帅和好看形容我了。我能够感觉到，大家小心翼翼地选出了“可爱”这个词，用来送给我。这份心意，我收到了。我也把这个词送给大家。偌大世界上，数你最可爱。

年轻的时候，我也是个忠实的外貌党。后来，我自己都没有想到，我变了。外貌有多好看，似乎没那么重要。有一颗温存的心，相处起来更加舒服。可爱这个词，还是比好看，更加牢固。

我一直是个感性的人。感性到自己都觉得，是不是太失控了。在电影院里看电影，别人刚刚哽咽，我就泪流满面了。看到好笑的地方，又忍不住哈哈大笑。

幸好，我大学时代读的法律，理性和逻辑，帮助我获得了平衡。但是仍然感性居多，有时候难以自控。

年纪渐渐地增加，已经是大人了，我常常就不好意思失控，觉得有点抱歉。为之烦恼。

直到我接受了自己的感性。世界上千千万万的人，每个人不一样。我就是这么一个人。能够接受这样的我，自然觉得我可爱。不能接受的，那就沙扬娜拉。我只跟觉得我可爱的人一起玩，不就行了。

一个人如实地活成自己，总有可爱之处。爱哭爱笑，都是我自己。

第四章

跟孤独和平共处

一座城市的庞大，
与城中人的孤独，
恰成反比。

李敖的反问

世上文字，向来写泪容易，谁没有几件伤心事呢？一触即发，飞快收敛。但要写喜剧，写出豁然达观，纵声发笑，难如登天。

有一天，我看台湾名主持张小燕的访谈节目，嘉宾是李敖。李敖这人，一脸花心顽童样，永远热爱年轻的漂亮长腿女孩，女明星到女学生女护士，一个都不嫌多，坐牢写书赚钱吹牛，一样都不能少。

张小燕的访谈每出一招，都被李敖化解。往常的节目，即便是蔡康永和侯文咏，张小燕也收放自如，找得到他们的罩门。但李敖不同，这人修炼太久，道行比张小燕深。

于是，张小燕出绝招了。

她大概计划好了，一定要看看李敖感性的一面，达到综艺节目的最佳效果。于是她使出“催泪弹”，念了凤凰卫视总裁刘长乐的文字，写的是在刘长乐陪同下，李敖去北京讲座，顺道送儿子去北京念书的经过。

当时，李敖拥抱了儿子。张小燕自己泛泪了，李敖还是很淡定。张小燕有点无奈，推了李敖一把抱怨，你这个老头子为什么这么嘴硬呢。

结果李敖说，我没那么多不健康的感情，又不是生离死别，为什么要用悲哀处理呢？

对啊，为什么要用悲哀处理呢？自伤自恋自怜，容易上瘾，大脑分泌愉悦物质，于是我们就偏好用悲哀处理世事。全世界的电视节目，大部分都喜欢来这招，因为急功近利，煽情好赚收视率，收视率就是广告费，是钱。

我得承认，相比文艺界无时无刻泛滥的悲伤情结，凄美习惯，李敖更加珍贵。

世上文字，向来写泪容易，谁没有几件伤心事呢？一触即发，飞快收效。但要写喜剧，写出豁然达观，纵声发笑，难如登天。

眷念亲情很常见，但李敖反问得好，又不是生离死别。小孩子离开老父，是去过自己的新人生。总不能都像龙应台那样写《目送》，“我慢慢地、慢慢地了解到，所谓父女母子一场，只不过意味着……你站立在小路的这一端，看着他逐渐消失在小路转弯的地方，而且，他用背影默默告诉你：不必追。”

有龙应台、朱自清这一派的感慨唏嘘，真挚泪眼，就会有李敖这样的“反悲伤”者。李敖自己说，他已经七十多岁，这个年纪看儿子，其实是爷爷待孙子的态度，有宠爱，很放松，也管不了太多。处理感情，不止哀伤这一种方式。

李敖不是没心肝，不是无情，他有情，但自控，不滥用，反倒如清风吹过山冈。

怀念黄家驹

只要你曾经怀揣理想，想念着走远方。

只要在寒夜里，看雪飘过。

你就无法忘怀这个歌手，在短暂的岁月里，认认真真地说唱。

再也没有人像他那样，怀着理想一路跑着，伤心流泪，却始终不曾丢弃。理想是这样一种东西，在你最不经意的时候，跳出来在你脑袋上狠狠一记暴栗。

一次郊游我坐在小巴上，空调小巴的电视里放着黄家驹的演唱会，他依旧是光着上身，打着耳钉，背着乐器，光影明灭，头发愤怒，却满含温情地开口了，那一开口，台下万千人跟唱，夜光棒亮成海洋。

那是多久前，高中毕业，全班合唱的记忆刹那苏醒。仿佛昨天站在人群中，众声合唱。然后是大学毕业，再次坐在小包厢里，集体合唱。只是人已经渐渐少了。从此，各自要走各自的路，但凡开腔，格外动情。

看那屏幕上的画面，距离 1993 年，还有好一段年头。黄家驹还来得及，为理想卖力做自己的音乐，卖力歌颂曼德拉。那真正是香港音乐的黄金时代。黄家驹和他的朋友，四个人就可以支撑起半边摇滚的天空。

乐而不淫，哀而不伤。这八个字在金庸小说里，是对一个音乐人的最高奖赏。

再也没有人像他那样，一声又一声高歌，仿佛对着海水发誓的少年，虽然悲伤却仍旧豪情。世界上有不叛逆，不颓废，不矫情的摇滚。以至于我曾经听到上了年纪的人惊讶，香港也有这样积极健康的音乐人。我暗笑，彼时，正是黄家驹的拥趸。

那伴奏越拨越高，渐渐消失，不再可闻。暗笑成为暗伤。忍不住就泪流满面，有些音乐让人默然，有些音乐让人惆怅。

黄家驹和他的乐队，让人泪流满面，却还能够大声笑出来。因为理想不死，心不死，你就永远不会精神归于平庸。那真像我童年时代的美国音乐，干净、舒服，温暖如棉布，抵达内心。光着脚丫，走在乡间路上唱着“Country road，take me home，to the place I belong，west Virginia，mountain mama，take me home”。

那个时候，香港其他歌手风情万种，只有黄家驹与众不同。那个时候，黄家驹唱的是“十个美梦盖过了天空，温馨的爱渗透了微风，热爱竞逐每秒每分钟，轻轻一笑挫折再用功”。那是贯穿华语摇滚最纯粹的一抹亮色。是香港文化鼎盛、影响无可匹敌的年代，是群星闪耀的年代。那时候的每一颗巨星，今天足够无数小星星毕生修炼。

那是商业唱片当中，见证神话的传奇。

憧憬、纯净、悲伤、坚持，在所有青春的额头上，最显著的灵魂之光。

想起少年时代，能够抓起话筒的男生，就能够跟随着黄家驹一路狂吼下来。只要听过曲调的孩子，就能够在下面群声合唱。想起下了自习，操场灯火辉煌，许多人走夜路，前面的人哼起来，后面的人就接腔……

“今天我寒夜里看雪飘过，怀着冷却了的心窝飘远方。风雨里追赶雾里分不清影踪，天空海阔你与我可会变。多少次迎着冷眼与嘲笑，从没有放弃过心中的理想。一刹那恍惚若有所失的感觉，不知不觉已变淡心里爱。原谅我这一生不羁放纵爱自由，也会怕有一天会跌倒。背弃了理想谁人都可以，哪会怕有一天只你共我。”

那是你必定要赔上眼泪的岁月与年纪，我们还能够怎么样，我们不能够等到八十岁，再泪流满面，再唱这样的歌。只要你曾经青春过，曾经在漫天灰色的天空下，在血色童心的年华，感动过。我们必定共鸣。

此后，再见理想，大地，旧日足迹，岁月无声，直到满世界都知道他的一句叹息：可惜我们的故乡放不下我们的理想。

《逝去日子》，是黄家驹的化境之作。“面对抉择背向了初衷，不经不觉世故已学懂，逝去日子经过多少，逝去日子打算是多么远，逝去日子拥有多少，逝去日子失去是否改变。”

但这又如何？青春必定要走，不然何来真正的痛悼。不曾两眼昏花背弃，又何来刻骨铭心的辗转怀念。

只要你曾经怀揣理想，想念着走远方。

只要在寒夜里，看雪飘过。

你就无法忘怀这个歌手，在短暂的岁月里，认认真真地说唱。

他的青春与你的青春，他带着理想的微笑与眼神，你若还记得，依稀怀念，一般无二。

上帝对热爱音乐的孩子别有安排。他的一失足，是听者的痛恨。

但他再没有往后的衰老，与命运的对抗。谁能够抗衡江郎才尽，不合时势潮流的声音？

二十年纪念的时候，在北京工人体育馆，其余三子天人隔绝，电子幻境营造了最后一次合作。年近三十岁的人，都一把眼泪祭奠青春，可又有什么可叹息的。下下个二十年，足够一切地老天荒。那一晚在工体，是一场最盛大的集体悼念。一直到如今的巡回告别，彻底解散。

我们早已经在离别之前懂得怀念，我们早已经在背弃之前开始原谅。我们都是这样成长的，都是这样在睁眼闭眼之间，黑白瞑目之间，尽力拥抱着远去的那股子情怀。

他在最适当的年代，唱出了最具有打动人心力量的歌，一笔转折画上完美的句号。

纵然岁月残酷，光阴逼迫，他的音乐，那就是冬眠于我们心中的一只蝉。

再漫长的等待与封锁，见到阳光的那一天，也要放声歌唱。

忍不住笑着流泪。

一刹那恍惚若有所失的感觉，哪会怕有一天只你共我。

记住海阔天空的英文翻译吧！那是我们唯一拥有的，能够 beyond 遗忘与背叛的东西。

聆听蔡琴

听着她的吟哦，那些逝去的时光和在心中沉睡的记忆，便会慢慢苏醒。那几乎是一种奢侈的享受。

听过蔡琴歌声是一种幸福。这个打动无数人的蔡琴，恰恰她的嗓子中音最好，真正是天生赐予这一辈人的礼物。

生活在台湾小岛的女人，唱着上海的花事荼，籍贯却是湖北沔阳。

1985 年出品的《蔡琴老歌》，是追叙蔡琴的最重要资料。一种纯粹的声音，加上纯粹的歌词，成就了极品中年女人的风情与雅致，莫名中最叫人黯然。20 年过去，打磨、消沉、奋起、道不尽的挣扎与执着。之后，在中年聆听蔡琴的歌声，听一种平静，一种俯瞰与沉思的豁然。仿佛在窗台上看着桥上风景的人，无限痴迷却不参与，只是一心一意地感伤。

少年固然有壮志豪情，但终究是归于平淡和感怀。是那些歌词在明明白白地告诉人：关于爱情，关于缘分，关于友情，关于亲情，关于思乡，关于童年，关于怀念，关于哀伤……这需要的不多。一个上了年纪的灵魂，一间比较干净宽敞，并且有些底蕴的房子，一杯茶，越淡越清越好。

听《恰似你的温柔》，某年某月的某一天，恰是一张熟悉而陌生的脸在晃动，物是人非几度休。《出塞曲》里一派思念，全是席慕蓉的血脉之情。《抉择》《油麻菜籽》，听见的其实是年华的无奈和深切的怀念。有情天地，谁是那么的满心欢喜?

在她的许多歌曲里面，《白发吟》也是打动我的其中一首歌。收在蔡琴的精选碟《花天走地》里，改编自美国名诗:“唯你永是我爱人，永远美丽又温存。”配合中国女人蔡琴的咬字吐音，忽然就想起《诗经》中“执子之手，与子偕老”的意味。

后来的《民歌蔡琴》，更加是把感伤放大到极点，这张蔡琴录制于1996年的唱片，全部是老歌，蔡琴演绎着老掉牙的旋律，仍然唱出了新的味道。醇厚透着沉静、知性，成熟女人迷人的万般风情。听着她的吟哦，那些逝去的时光和在心中沉睡的记忆，便会慢慢苏醒。那几乎是一种奢侈的享受。许多人都抵不住她温柔的杀伤力，一听她的声音便乖乖举双手成为俘虏，仿佛觉得人生这样就足够了。

当所有人都以为这个叫蔡琴的、眼睛细细长长、单眼皮、鼻子不高、嘴唇也略厚的女子，从此就沉迷于自己营造的世界，而不再出来时，当所有人在中年聆听时感叹她命运多舛疾病缠身（蔡琴右耳曾经忽然失聪，金子一般的嗓子也几次危机），她蓦然回首，又豪气而婉约地挥挥手，开始了生命另外的旅行。她出了新碟，人生要有花样，岁月不断在变化。她的声音和她的内涵一样深沉。

你以为蔡琴和听蔡琴歌的自己老了，颓废了，没有了生活与事业的乐趣?你错了。在南方的一份报纸上，针对别人说她蔡琴唱的多是20世纪30年代老歌的说法，她说自己其实并不老。她当年就是唱青春校园歌曲的，当年是参加海山公司组织的“民谣风”比赛出头的。

这就是蔡琴。这就是中年。人到中年，根本不是纯粹的感伤，而是沉郁、忧郁、浓郁，而是自己舔着伤，重新拿起拐杖。天籁的声音沉入深深的海底，深藏不露却美丽动人。

怀旧不过是一个空篮子，许多人都要从中打捞似水的流年，企图追回过往的美丽与回忆，结果自然是永远的遗漏。蔡琴却在一段一段的歌唱给别人后，就逐步抬头，转过身，提着篮子走在漫漫的归途中。曲子完了，人，仍然是要一步一步走的。岁月其实带走一些什么的时候，也带来了一些什么。

林青霞的美丽

我们的林青霞，美人纸上行，写下去，莫停笔。有一天，那些风物芳华才子佳人都消失，纸上留痕，长久恒远。

1

无论如何，谈林青霞，回避不了她的美。这美令大众赞叹了数十年。她的东方不败那一身红，就像是刻在了影迷脑海里的记忆石头上。

看她写的第一本《窗里窗外》，其实还带着学生似的怯生生。渐渐放松，到《云去云来》，但写本心，如实如常。尤其记得那篇写文人的手，描述对象是季羡林。她跟一群朋友去看望当时住院的季羡林，林青霞的朋友问季羡林，可认识她？林青霞还以为 90 岁的学术大师两耳不闻窗外事，不知道电影大明星。季羡林幽了一默："全世界都知道。"

季老年轻时候的日记，青春无忌，一派生猛，学问做得好，但知情识趣，怎么会是书呆子。林青霞这样的大美人，占据多少菲林，报刊、杂志、电影、电视，总会看过。

李翰祥一手打造的俏皮又灵动的贾宝玉，特别俊俏。舞台上的贾宝玉这个角色，简直专为她而设。跟其他扮演者一比较，要么没她的韵致，要么没她的男儿气。在琼瑶剧里面，楚楚动人，《窗外》里的中学生，让林青霞一下子，闻名天下。还有网络上流传的30年前她的穿衣打扮，至今不过时。容颜老去，反而敌不过她的经典扮相的深刻。

说“全世界都知道”，虽然是开玩笑有夸张点的成分，但在那些经典的台湾、香港电影里，她的确举世皆知。

2

有一次在香港旅行，我要了虾子云吞面，一边吃早饭，一边抓起特别厚的几叠报纸。翻到《明报》副刊，正好看到林青霞的专栏。当中叙述的人物细节全用白描，短短千把字就讲完了，不讲究什么文字功夫，反而另有真味。

这些文章，就是后来她出的两本散文集的来源。其实有一些也在《南方周末》的专栏看见过，大同小异。报纸各有自己的喜好选择。

当她老了，60岁出书，美且还有灵魂，当然倾倒一群文化人给她站台推书。她写的是散文，这本《云去云来》，光看书名你就会觉得挺洒脱自在随缘，非常谦虚，形容自己不过是说来说去。这么低调反而不刺人。哪怕她文字质朴，读者观众照单全收。

林青霞写与邓丽君相会相交，邓丽君未能接到自己抛出的花球。于是她问邓丽君，寂寞吗？邓丽君的回答是命中注定，相当凄然。林青霞是银幕女神，邓丽君是声音女神。两人的际遇天壤之别，一个暮年回首纸上行，一个“甜姐”早逝。

隔了岁月来看，唏嘘无限。

这个问题放在林青霞身上，却交出来的是圆满答卷。其实命运半是天意，半是人为。林青霞淡然处事，对人好，克制安放自己的生活，自然得以福报。

古代人总爱说英雄迟暮、美人白头，非常之残酷无情。但这句话在林青霞身上不怎么成立。她不但不寂寞，且很多人愿意陪她玩，心甘情愿地陪伴她。

3

世人可能知道的不多。多年前林青霞就皈依了，我看过她自己写的文章里学佛的一段经历。某年秋天她参加法鼓山菁英禅修营，见到圣严法师的时候，她“很专心地跪下磕头再站起来，跪下磕头再站起来，就这样连续做20分钟”。

她见到师父的一双轻盈的脚步从身边走过，心中只觉得“那袈裟飞起，就像浪花。好美！好美！”

那一次的禅修，她觉得自己找到了内心最深层的宁静，感知到了修行的平静喜乐，于是皈依于圣严法师，法号“常恒”。

美人向佛，别有一种滋味。我一直觉得，拥有才华与美貌，却向往清净的人，骨子里都是至情至性的人。他们经历大喜大悲大繁华，叠加上蓦然心酸潸然泪下的落寞，更加容易惜福。

林青霞学佛，她的修行从小处做起。心情不定的时候，便打坐静心。待人和善包容，谦虚慈悲。她身边的一干友人都说过，青霞完全不炫耀自己的美貌，也不依仗大明星的身份目中无人。所以圈内的文化大腕，都为之倾倒。龙应台、章诒和、董桥、白先勇等这样的文化人，也是她的知己好友，鼓舞她写作。

六十年一甲子，林青霞大红大紫，结婚生子，荣华富贵，拼命拍电影，轧戏到重病，双秦情事沸沸扬扬，这些都已经过去了。她是亦舒笔下结局最好的那一等女明星。

4

人间缘法不由人。她写黄霑，恰恰就是黄霑找她约稿写专栏，有了第一篇，就有了后面的许多篇。黄霑在最后的日子里，没能读到林青霞的文字，在他走后，成全了林青霞的第一篇悼念文章。这文章，由马家辉放到了《明报》。顽童一般的黄霑，每到旅游区，就戴着花花绿绿的帽子，拉着小贩聊天，转手把帽子送给林青霞。自己丧礼要放录音，大笑三声，大家欢欢乐乐送别他。寥寥闲笔，正是老才子霑叔最好玩有趣的一面，识尽去之哀伤，不妨高歌欢乐。

就这样“沦为”文字中人。林青霞写她在文华酒店回忆张国荣的悲情，写她在拍戏的空隙看遍灯火阑珊号啕大哭。

在女儿长大的人生里，她“有一次从外面吃了晚饭回到家，经过梳妆台，突然想到什么，怕一会儿忘记，马上伏在桌上写，不知不觉坐了几个小时，窗外传来鸟的叫声才知道天已亮了，看看镜中的自己，不觉失笑，原来我脸上的妆还没卸”。

看到这一段，做过编辑的我，也失笑了。那是写作之人最珍视的享受。浑然不知道白日天黑，沉浸其中，一定要写出来才罢休。身体疲倦，灵魂如释重负，轻松畅快。

想象当时画面，大美女匆匆忙忙赶稿，耳环还在摇晃，埋头思索情不自禁咬笔头，一时安静，一时跺脚。

浮浮沉沉的明星故事我们会看腻，闹腾的虽然热闹，热闹之后更加使人空乏落寞。一个美人，到了暮年，不去强力拉皮，不去奇形怪状争奇斗艳，不喧哗骄横，不倚老卖老，不去卖弄学问，不去写书洗白过往，静静地为自己为过去的电影黄金岁月补白，只言片语记录下来。

她做这么一件事，就已经很美很迷人了。用来成全一段美好佳话，足以。她与我们相伴到老，任是无情岁月，待她也心存温柔，放她一马，优雅地老。归根结底，这都是她自己修来的。

5

娱乐圈其实是整个社会里最直白的一扇窗。谁风流婉转风靡一代人，恰恰就说明了一个时代是什么气质，发展到了什么水平。

我们借着林青霞的一双眼，其实得以窥见的，不止是衣香鬓影的名利场，还有风雨里的细沙。传统保守的20世纪70年代台湾社会，女学生喜欢老师，还敢搬上大银幕，何其惊世骇俗。林青霞的家人强烈反对，对于幼年的女孩来说，是顶着天大的压力演出了这么一部戏。《云去云来》也暗藏机锋，批判名利野心的导演，渐走下坡路，不如坚守艺术的导演，终能俘获人心。

林青霞的戏路，跨越了言情的琼瑶小说，天马行空的徐克电影，城市迷离的王家卫趣味。她是新武侠的反串枭雄，也是柔情爱故事的女主角，又是英姿飒爽的革命党人。诸如此类，既是她的个人魅力，也是港台文化最茂盛生长的证据。内地的我们，被这滚滚而来的浪潮洗礼，为之黯然销魂，被它颠倒众生。

这一页翻去，我不能不怀旧。凝视窗外的少女情窦初开的眼神，贾宝玉的眼角眉梢，刀马旦的杀身成仁。

东方不败的“皇图霸业谈笑间，不胜人生一场醉”，《新龙门客栈》的邱莫言大漠最后的挥别，历历在目。

没有记录，就会遗忘。云去，又回来。一书读罢，我会想起布莱希特的诗《忆玛利亚》：“夏日晴空在我俩之上 / 深深凝视那朵云 / 那样纯白，那样高 / 当我再度凝视 / 它已消失。”

我们的林青霞，美人纸上行，写下去，莫停笔。有一天，那些风物芳华才子佳人都消失，纸上留痕，长久恒远。

好为人徒的金庸

别人指责，我不能反驳，唯一的办法就是增加自己的学问。

我自幼喜读金庸小说，成年后每逢看到和他有关的文字，就很留意上心。年中时北大的一个同学晒出了手机拍的照片，赫然是查良镛的博士毕业证书。原来金庸相当低调地又去北大读博了。这事惹得议论纷纷，因为北大的同学没发现金庸常常出现上课，这学位，岂不是给得太随便了。

北大校方只得向社会通报，金庸的确是在中文系读博，师从袁行霈。不过呢，因为金庸年事已高，身体趋弱，导致他未能按计划完成学业，今年将无法拿到博士文凭，至于那张被拍到的学位证，只是按惯例预先准备好的。看来金老爷子能不能拿到那个博士头衔，还是未知数。

此事有了个解释，大众也就没什么热情了，我却对这个边角余料很好奇，为什么是袁行霈老先生，而不是别的教授呢？袁行霈这个老先生我有听闻，因为他不只是北大教授，还是民盟中央的副主席，恰好我是个民主党派人士，加入的就是民盟。但我总觉得在别的什么地方还见过这个名字。

而且金庸这样的人物，不只是个有名的武侠小说家，还是闻名世界的一代报人和社会活动家。名气太盛，地位显赫，高龄读博，虽然他一贯有好学之心，但实在是容易招惹闲话，一张照片都会弄得沸沸扬扬，一般谁会收他做弟子啊！

前段时间我参加了南方某家卫视的一个人文地理活动，同行的有北大中文系的李铎教授。我心想，刚好可以就近问问看这事，金庸为什么会选择袁行霈老先生。一问之下，李教授说，好像他们之间扯得上亲戚关系呢！

这下提醒了我，一查，和以前看闲书的记忆对上号了。金庸的堂姐查良敏，嫁给了琼瑶的三舅袁行云，而袁行云的堂兄弟，正是袁行霈。

这层脉络理清了，令我忍俊不禁，难怪袁教授接下了这颗烫手的山芋。

说回金庸的好学之路，更加好玩，我看聂卫平写的回忆文章，说是 20 世纪 80 年代，金庸突然托人转告他，要在从化拜他为师。聂卫平还以为金庸不过是想和他学学棋，而且他也想认识金庸，于是就赶到从化。

结果一见面，金庸就要像在他小说里描写的那样给聂卫平行大礼，三叩九拜，举行拜师仪式。金庸比聂卫平大二十多岁，聂卫平大为吃惊，赶紧推辞："这怎么受得了，我立刻阻止了他；我说拜我为师可以，但不要磕头了。就这样我成了金庸的老师，以后金庸一见到我就以师父相称。我们成了很好的朋友。"

虽说金庸当了棋圣聂卫平的徒弟，但他的棋艺还是挺一般。好在他一生也不以棋艺见长，也不去参加什么重要比赛，这次拜师完全是对国手技艺的崇敬和对围棋的喜好。

《孟子》里有句话叫"人之忌，在好为人师"，金庸则恰恰相反，应该算是"好为人徒"，像极了他笔下的韦小宝，遇到个高手就不放过，定要拜师学艺，杂学旁收。

据说金庸在浙江大学当人文学院院长时，就有人讥讽他学问不够，他也低头纳言：“别人指责，我不能反驳，唯一的办法就是增加自己的学问。”

他少年时代因为国内战乱，学业屡屡中断，始终没拿到正经的文凭。晚年一路求学，在剑桥大学认真读了硕士，又读博士，然后又来念北大的博士。看来人生际遇的确令他有点耿耿于怀。

时代变迁，社会思潮反复，很多人早年失学，后来大富大贵，再提起念书上大学，就挺“反智”的，一口一个念书有个屁用。像金庸这么名满天下极为有钱后，仍然有志向学，费尽心思好为人徒的，实属难得。用当下的话来说，是个正能量例子。

心安何处

在停留下来之前，一个人应该去尽可能多地看这个世界，去听人心中最微妙的声音。道路漫长，但你会在刹那之间，抵达你所想抵达的。你我她他，都会殊途同归。

我有一个朋友叫阿顺，第一次见面的时候，他19岁，一会儿北漂，一会儿南下。我挺惊讶的，小小年纪，已经走了那么多地方。以我的观察，这是个内心丰富、性格内向的孩子。

他有挺大的梦想，所以干脆不念书了，追梦去了。其实我有那么一点旁观者的兴趣，在我按部就班读书工作的人生里，总是对敢于不走寻常路的人，抱以好奇。

我养猫，有时候聊起来，他也来了热情，决定也养一只，我表示赞叹同意。猫有特别的灵气，很适合与喜欢安静的人相处。

起初，他在北京上班，但不满意当时的单位，想换更加好的工作。于是他回到武汉求职。拜会了各路人士以后，被学历关卡住了。虽然欣赏他的人不少，但很多大型好单位，非常介意学历。我为他不平，但也很难改变这个事实。

于是我劝他，其实你的个性很安静，为什么不在西藏好好酝酿，让自己有更丰富的资历，超越学历的障碍？

大约是在春天中间的时分，我在网上遇到他，他说："林芝的桃花开了，非常美。如果想去看，这是最好的时候。"简简单单几句话，语气静谧中带着笃定。

原来他回到了拉萨，在拉萨的一家报社工作。

并且，他信佛。

我突然心中生出羡慕。

非常奇怪，他是我唯一一个从来没听到提及西藏气候不好、高山反应痛苦、生活条件恶劣的朋友。在他的小小世界里，阳光照耀，空气非常干净，人们非常虔诚。

他就像所有拜佛的人一样，去住寺院，吃当地的食物，和老婆婆、小孩子说话。一切生活节奏放慢下来，就像我后来见到他的样子，慢慢说话，慢慢旅行，慢慢看风景写字。我想这大概就叫作契合，他就适合在这样的地方生活和写作。

春节后，他从拉萨坐飞机返回。我们在江城武汉相见的时候，白白净净的男孩儿消失了，变成一个脸颊略有高原红、皮肤黝黑、眼神深沉的年轻人。

如果从外表上看来，他似乎变得更加憔悴成熟，但是一开口说话，我就知道。他找到了自己。

他不是那种以为去一次远方就能洗涤灵魂的人。阿顺去过很多地方，武汉、北京、上海，年纪轻轻，江湖行走，最后留在了西藏。这不是意外。

人有两个故乡，一个是自己出生的地方，一个是脚步停留下来的地方。唯有西藏，成为他信仰意义上的其中一个故乡。

他写的青藏高原的风雪，藏族人的生活，巍峨之美的冰川，都渗透了深深的感情。不管多晚多黑、天有多冷，他亲眼看着，朝圣者和磕头不断的信众，伴随着微弱的烛火光芒，另有境界。

当拉萨每年冬天下起第一场雪的时候，他会用手机拍下照片，发给全国各地的朋友。我看他发给我的文字："没有乘车，没有撑着雨伞，只戴着帽子，一个人走着，走到雪中的布达拉。"

太有画面感了。刹那之间，我似乎置身遥远的雪域，目睹雨雪中的行人。说到底，这其实就是一种释然的心情，甘愿远离尘嚣，诗意地观望体会。他在最能够安顿身心的地方，写他能写的。

就像他曾在我家借住找工作的那段时间，静静的，不吵闹，不聒噪。

在停留下来之前，一个人应该尽可能多地去看这个世界，去听人心中最微妙的声音。道路漫长，但你会在刹那之间，抵达你所想抵达的。你我她他，都会殊途同归。

你的脚停在哪里，心就会安顿在哪里。

心安，而后定。

能安静专注的人，才能做好事情。工作上的阿顺，采访了很多人，有在西藏拍戏的明星，有平凡的人家，有拜佛的香客。这些素材积累下来，阿顺在去年出版了自己写的第一本书，云集国内名家的推荐好评。我为他开心，这是他的作品。实实在在，属于自己人生的成就，也是第一份积累。

我相信，从此他会成为一个在哪里都有能力安顿的人。

书不会等人

在这个世界上，还有什么东西是不会过期的?

书不会等人，人也无法等书。看书这件事，时过境迁，也会像秋刀鱼一样，过期了，失去意义。

在十岁左右的时候，他家里很穷。在所有邻居孩子里，我和他玩得很好。因为我们都挺喜欢看闲书，常常在一起共享资源。

他的书没有我多，他想读却读不到，因为他的零花钱买得起的书，太少。他家舍不得买。

于是他找我借。

我父亲书柜里的书，堆得满满的，对我是敞开的。他摸进我父亲的书房，两眼放光。

我开始担心：你别弄坏了，小心，别弄脏了，我爸会骂死我的。其实我爸并不介意，不是那么凶。

这么来回了三两次，他借书的成功率极其低，因为我总是犹豫后拒绝了。最后一次，回家的路上他气呼呼的。我终于还是没借给他那一套《三言二拍》。他再也没跟我说话，一直到搬家。

许多年过去了，我们在异乡的城市再见面。往日的小孩子都长大了，怨恨都淡忘了，彼此亲切打招呼。

提起往事，他却无比惆怅。他慢慢地说："那时我想，也不要紧，等我长大了，或者工作了，我会把这些书一本一本买回来，慢慢地，尽情地阅读欣赏！这么想着，我渐渐忘记了伤心和不愉快，甚至赌气似的想，我以后一定要有比你多百倍千倍的书，我要在自己的家里，修建一套大书房，买很多很多的书放在架子上。然后每天睡在书堆里，吃饭也在书堆里。"

我笑了："这个愿望很美好啊！你现在应该实现了吧！小时候真是不好意思呀！"我并没觉察他的话里强烈的对比反差。

我带着一点补偿性质的心态，说："现在可就简单了，我的书很多，而且现在绝对不小气。你要看书，要借多少我都借给你，我现在一大堆的书都可以送你看。"

他笑了，摇着头说："谢谢，我现在没什么兴趣了。"

我吃惊："为什么？"

他带着惋惜说："其实，现在随时有机会读到这些书。网络书店打折活动那么多，也买过几本。虽然花花绿绿的包装漂亮，印刷精美，还打着动人的口号，吸引人的广告，但我连翻一翻的兴致都没有了。偶尔也勉强拿上一本，但翻着翻着，就读不下去了，犯困，干脆卖废纸了。"

说着，他陷入了回忆："如果在十多年前，我一定会是一个又幸福又快乐的小小读书郎！"

如今，他只是遗憾，并没有对我如何抱怨。我却很难过。

小时候不懂，就这样掩埋了一个小伙伴的美梦。

有些事情，有些朋友，一旦变换了时间与空间，你即使还能够帮助他，他即使还愿意被你帮助，却已经变味了。就好像他那颗仍然想读书，却再也读不进去的心。

我想起王家卫的电影台词：秋刀鱼会过期，肉罐头会过期，连保鲜纸都会过期。我开始怀疑，在这个世界上，还有什么东西是不会过期的？

书不会等人，人也无法等书。看书这件事，时过境迁，也会像秋刀鱼一样，过期了，失去意义。

再见下课铃

青春不可返回。总觉得上课那么漫长老师总是拖堂的青春，永远不再。而青春存在过的地方，却可以无数次返回。虽然离开，绝不丢弃。怀旧是人对当下的确认。

在这个世界上有些地方很牢靠。比如学校。很多年里学生来去，但学校常常坚持不走。冬天有日光，我回到了我的初中。

十一岁到十四岁这段时光，献给了这所第二初级中学。甬道的入口有短暂的昏暗，但很快光线全方位撒下来，耀眼又安静，头顶彩色小旗帜又突兀又艳丽。升国旗的地方还是原地，教学楼没有改变。还有我曾经有气无力懒洋洋地打扫卫生交差的厕所。是的，不叫卫生间也不叫洗手间，赫赫然叫厕所。它一点也没有变。当时那么老旧，现在仍然这么老旧，我会有一点点怀疑，是否我转身回去，就变成了初中学生。

我继续往前走。墙面胡乱涂画的符号和粉笔笔迹，几乎没有中学能够独善其身。

终于还是面对了最大的变化。

那棵巨大的合欢树不见了。它与教学楼齐平，庞大，枝繁叶茂，需要仰望。在我上音乐课的时候，看见过它，上化学课、物理课、语文课、英语课的时候，看见过它。在我闹事被班主任体罚罚跪的时候，看见它过。啊，这段记忆几乎惊讶到我了。我也不是直接变成现在沉默苍白的文艺青年或一个抒情作家的。膝盖痛的感觉瞬间密密麻麻扑到骨头上。

一度，我觉得它的高度和枝叶延伸着，就要透过窗户，生长到教室里来。我迷恋它像是达·芬奇迷恋蒙娜丽莎的微笑。我见到它最后一眼是冬天。它骄傲又洁净，如同雪国之王那样，失去树叶冠冕，却威严又安定。后来它被砍倒，告别这个世界。校方给的理由是，妨碍风水、占据空间。

我努力回想我曾经上课过的教室，却一点也想不起来。

我只记得一个胖子捉弄我，我绰起板凳砸他，后来他绵绵无休地报复骚扰我的初中生涯，犹如阴魂。

向前再一百米，站在布告栏前，看见上面说就要期末考试了。布告栏后面的红砖灰墙是我五岁时住过的加工厂。厂房后来一直废弃。我与母亲在那里住过万分艰苦的小段光景。

然后转头，一个中年大叔，真正的大叔，在三楼上，靠着栏杆冲下面其他说闲话的教师喊话。我听不清楚他在说什么。

因为记忆凝聚又粉碎。

额头光秃秃的大叔是我曾经崇拜的物理老师。那些浓密头发离开他了。

我屏住呼吸，他对我的表扬曾经令我欣喜若狂而最终我考出很垃圾的分数。

我总是外强中干地在平时模拟考试成绩不错最终差强人意。哦，差强人意这个成语在这里，我就是要使用成有些差劲、勉强满足意愿的意思。那些点过我的名字的老师，将这个名字淡化。我逃窜开。不要被他认出。

最后我返回操场。操场上的双杠很冷清。慢慢躺倒在草皮上，逼近中午的天空有太强烈的光线。

我想躺在日光照耀下的草坡上，闭上眼睛，也许永远醒不过来。哪怕化成些微草木也可以。

青春不可返回。我已经走到生命的如今，无论何等悲伤也无可返回。总觉得上课那么漫长老师总是拖堂的青春，永远不再。而青春存在过的地方，却可以无数次返回。虽然离开，绝不丢弃。怀旧是人对当下的确认。

我想永远停顿在一刻。我躺在草皮上晒太阳。

然而瞬间，听见音乐。无数脚步携带真正的青春之轰鸣接踵而至，汹涌如海潮。整个地面喧嚣开来。

那是下课铃声响起。

跟孤独和平共处

一座城市的庞大，与城中人的孤独，恰成反比。

快乐难找，还是找得到。而孤独，就是另外一回事，需要另外一种态度。

还记得，1999 年，当时我和大学同学约好了打算逛街，周末我们乘坐长线公交车跨越浩瀚长江，前往江汉路。经过武胜路的时候我们顺便在新华书店买了两本书。江南江北，不厌其烦。

2002 年，我和友人同事会约在武昌中南喝咖啡，之后去亚贸看场电影。

2003 年，我和同事在群光广场吃自助餐，看着当时还走高端路线动辄上千元的衣服吐舌头。

2005 年，因为工作快三年了，人也变得懒怠，春秋冬夏换季添置衣物，我就在鲁巷广场转一圈解决。时间继续推移，这一年的年底，我买了房，就彻底住在了光谷。

2009 年，因为光谷步行街开街了，于是一条马路之隔的鲁巷广场，我也懒得去了。那一条马路看起来不远，但其实穿过去至少也得十几分钟。

2010 年，比光谷步行街更加近的当代学生公寓旁边，开了一家时间广场。这里面有电影院有超市，而且电影票常常打折很优惠，于是我就不去步行街了。

2011 年，比时间广场更加近的光谷天地开街，这里一样有咖啡馆、电影院、超级市场以及美食电玩城，于是……我也不去时间广场了。

就在上周，我看见家门口开了一家屈臣氏。站在屈臣氏的门口，我愣了一下，忽然被一种忧伤击中。就这样，我的生活，从一座城市，缩小为一千米。

生活越来越便利，山丘变成高级住宅，荒郊化身繁华闹市，居住的地方一千米内，提供你衣食住行和娱乐消遣。人，在这座大城里，似乎退化成小圈子动物。如果说从前是银河系活动范围，那么后来变成了太阳系，最后变成了地球月亮之间。30 岁之前，我背着包，一个人南方北方去旅行，不带地图不靠亲友，沿路即可结交陌生朋友，热烈聊开。而今出门都嫌麻烦。

每一次生活圈子的缩小，我就跟一拨同事友人，压缩了往来，乃至断绝了联系。没有嫌弃，也没有背叛，纯粹就是自然而然地淡出。说起来我们生活在一座城市，但却因为心理上和地理上的双重感觉，愈发遥远。按道理，失去旧友，会迎来新朋。

可惜，人是一种身心有衰退规律的高级生物，年岁越增，体力与活力下降。交新朋友需要付出时间精力和信任，生活也渐渐喜欢安静畏惧喧嚣，所以友人失去了也就失去了，不怎么新增。

我特别想引用弥尔顿在鸿篇巨制《失乐园》里的句子：“他手里拿着金制的圆规，一只脚放在中心，另一只旋转，向那广阔，深沉，混沌中画去，说道，周边就这么遥远，世界就这么宽阔，这就是你们的疆域，这就是你们的大地。”

一座城市的庞大，与城中人的孤独，恰成反比。也正是在孤独中，我读了很多的书，比过去十年读的还多，也可以平和静谧，自得其乐。当然也有人把孤独消化在酒吧和KTV，各有所好。生命在不同阶段所求不同。

城市的生长，犹如无形的上帝之手在控制，先天带着逼迫人修习独处的属性。大多数人注定是大都会里的小市民，在那圆规画出的有限疆域里，妥善安顿自己的心。

不过，人超越万物而有灵，在于可以换一种心理认知，譬如孤独不是用来消灭的，是可以和平共处，妥善利用的。

那一只鼹鼠

这只鼹鼠，许多年后，偶然间也会从我们的记忆里跳出来，露着牙齿，充满笑容。察觉那种积极的笑容，令我们会心微笑，是它曾经陪伴我们温暖而美好地长大。

小时候吃晚饭也惦记着看电视，抱着饭碗冲到屏幕前，地面上拱出一堆黑色泥巴，一只可爱的黑皮肤白肚皮的小家伙就钻出来，冲你打招呼，目不转睛津津有味。

长大以后发现没那么简单，这只鼹鼠其实是个生活家，很有趣味的手工热爱者。它友善爱交朋友，坐火箭流落到岛屿上，就跟螃蟹当了朋友，齐心协力修好火箭回家去。它想要有条工装裤，还是靠一群朋友帮忙，种植亚麻啦，纺线织布啦，自己动手，做出自己的工装裤。这只鼹鼠会园艺、会开车、会给狮子拔虫牙。如果照现在的动漫形容词来说，鼹鼠极可爱，极“萌”。

这只小鼹鼠很像一个在良好的现代工业文明当中熏陶成长的小男孩，有了问题团结朋友去解决，动手能力强，火箭、飞船、园艺、驾车，样样都会，同时也享受自然界草地森林花园的生活。与人类、与动物们、与植物们相处，纵然有误解和矛盾，也一定是用温和幽默的态度朝着和平共处的方向努力，这是恒久不变的光明与爱的品格。即便是表达难过，也仍然是哀而不伤。

《鼹鼠的故事》基本上没什么对白，也不追求热血战斗和复杂曲折的故事，可是常常让人看着看着，有一种含泪微笑的触动。还有一点就是，在所有的故事里，这只鼹鼠，都是独自去面对所有事情的。它像一个孤独的少年，朋友虽然常在身边，却不见它的家人。作品里的角色，总有作者的心灵投影，与之对应的捷克艺术家、插图画家和电影导演兹德涅克·米勒，想必也有一颗温柔的心。在他 35 岁的那年，一个除夕之夜，他在出生地附近散步时，获得灵感，在他的画笔下，小鼹鼠的生活与行为，充满了诗意的抒情。

2011 年 11 月 30 日下午，这个老人以 90 岁高龄，在捷克首都布拉格附近的一家疗养院中去世。得到这个消息的时候，我有一种当他离去，世界又自结束中重新开始的感怀。鼹鼠的存在与万千读者观众融合，早已经沉淀为记忆之一而不朽。从他的灵魂中诞生的，也将进入我们的灵魂。

就是那一只鼹鼠，在我们童年看的电视里，突然冒出来，发出咯咯的欢快笑声，跟大家打招呼。

也是这只鼹鼠，许多年后，偶然间也会从我们的记忆里跳出来，露着牙齿，充满笑容。察觉那种积极的笑容，令我们会心微笑，是它曾经陪伴我们温暖而美好地长大。

还是这只鼹鼠，谢谢你来到这个世界上，以及带你来这个世界的兹德涅克·米勒。

第五章

这人间的欢喜与哀愁

当我们写作时，我们在想什么？
其实就是想着，更理解这个世界和我们内里的细微真心，
让读到的人，明白这人间的欢喜与哀愁。

小时候的初心

我们内心一直藏着一个小孩子，长大后就沉睡了，但其实，并没有离开我们。

也许不忘初心是一句被很多人说烂的话。可是，我觉得可以换一种理解。那就是把它理解为一种对照的仪式，一种唤醒。我们内心一直藏着一个小孩子，长大后就沉睡了，但其实，并没有离开我们。

我有个朋友，是死党，在我们最年轻时。后来我们大学毕业，都在一座城市工作，隔着不远，各自做各自的事情。年月渐深，彼此见面说话，日见无趣。

他的工作搭档，也常常抱怨说，发现他这人和别人难相处，脾气是又坏又臭了。我点头附和，记忆却飘远：不过啊，呵呵，以前他不是这样的。我还记得那个时候他还小，拿着木头棍子在土坡上，如同高手在山峰上对垒、比武。

读书的时候，我还帮他代写情书，却又故意恶作剧搞破坏，算定他不会看。结果他追到手的女孩老逼问他，你真的有狐臭，冬天才发作？他便呵呵傻笑。

我说的时候，他坐在他的皮椅子上，习惯性地转来转去。像一个地道的庸俗小老板。

他就那样愣住了，忽然地愣住。然后，我们久坐而默默无语。

再次去他在22层高的写字间拜访，恰巧没别的人在场。他跳起来捶我，说：“为什么当时陷害我呀！”我抄起报纸就恶狠狠拍他的脑袋。

客户按响门铃，客人走进来，看见的是面孔表情严肃的两个人。他说：“请坐，我和一个朋友要谈点事情，马上谈完就跟您谈。”

送我到电梯口，他做了一个熟悉而滑稽的手势。一丝笑爬上我在更多场合僵硬的脸。

他，甚至我或任何一个人，现在看着很可恶很坏的家伙，其实并不是很小就如此。

成年谋事后一度面目可憎的人，多年前一样曾经言语干净，坦诚可亲，更小的时候，也是眼睛如汽水一样透亮的少年。

如果有人跟他提到：以前你还小的时候啊……那个霸道、野心勃勃且无趣的人，那一刻他的心肠也会温和亲切。

讨厌一个人，往往因为不知道他也曾经小而可爱过。有什么可以唤醒一个人温暖美好的一面？帮助他找回遗失在时间里的幼年模样吧！

平安茶饭

什么才是最快乐的事情，到最后才领悟，那是最遗憾的事情。所以，我们不要遗憾，我们要抓住就在你手边坐着的平安茶饭。

我是喜欢吃饭的人，但我从不挑食，因为我知道我不是在吃食物，我是吃着自己所能够感知到的快乐与美好。

张小娴在《友情的猪油》里写道："深夜两点钟来到猪油捞饭吃夜宵，本来没什么心机，但是一边吃一边听蔡澜说笑话，忽然觉得，有朋友真好。只要挨一点苦，就有很多朋友关心你，甚至愿意熬夜陪你吃夜宵，说笑话给你听，本来怕胖，可为了感恩图报，也吃了小半碗猪油捞饭，吃的是友情。"

我知道，我真的知道，其实你也有烦恼。在每天忙忙碌碌连一顿完整的茶饭也吃不畅快的时候，你一定很烦恼。虽然你的口里一再说着，还好，还好。

日子匆忙，虽然你说快不快乐我无所谓，但是我知道你有所谓。我们其实都是有所谓的。

所以，在我们不出任何事故、多多少少平淡但却平安的生活里，我们应该也应当吃好一顿又一顿的平安茶饭。这样，才对得起上天赐予的平静，日子施恩的快乐。

幼年读《资治通鉴》，读到李斯一辈子说的最后一句话时，有种落泪的叹惋。他在生命的最后对儿子说：“我想与你再牵着黄狗，到上蔡东门外打猎，都不可能做得到了！”什么才是最快乐的事情，到最后才领悟，那是最遗憾的事情。所以，我们不要遗憾，我们要抓住就在你手边坐着的平安茶饭。

所以不论亲情友情，一切一切的真谛，是有那么多人能够陪伴着你吃饭。寂寞那样的东西，一定站在我的身边，躲得远远了。这短暂又漫长的生命，每一个小细节不抓住，也就悄悄流走。抓住的，那就是不辜负自己。

如果你在吃着一碗糊汤粉或者猪油捞饭的时候，也能够感觉到幸福与美好，那你一定最深刻理解生命真谛。为此，我不怕一胖再胖。

这人间的欢喜与哀愁

当我们写作时，我们在想什么？其实就是想着，更理解这个世界和我们内里的细微真心，让读到的人，明白这人间的欢喜与哀愁。

作家不稀奇，作家写的书也不稀奇，图书馆、书店到处都看得见。但是作家写作的时候在想什么，就有很多花花肠子了。

我有一次认真地把我新出的随笔集送给在检察院上班的老朋友。过了两天，她忽然手机发来书里的段落照片，气哼哼质问我，你书里那篇文章就是在笑话我吧。原来书里有一篇写了她，而且说她年轻时眉毛天生就很淡，还从来不化妆，头发也不弄，跟个鬼似的，总没有桃花。被我们屡屡批评之后，她努力改进，终于大见成效。

我都忘记我文章里这么毒舌调侃过她了，于是赶紧弥补道歉，你看我没有点名道姓，还特意把你改成广州的。而且的确是忠言逆耳良药苦口嘛！看，你现在多漂亮。最后我专门请她吃了顿自助火锅表示抚慰。啃着鸡翅，我们握手言和。

真的，虽然我是个作家，还是要认真诚恳奉劝大家，跟作家交朋友千万要小心，一不留神你就被写了。对于搞文字的人，世间万事万物任何人都是素材。

当然也得提醒我的同行们，说了朋友的闲话出书之后，自己长点心，要记得别误送给当事人啊。虽然我写的时候改头换面了，还是骗不过当事人，一下子就对号入座了。

作家狡猾地把看法态度写到文章里，散文随笔也许还支支吾吾，小说就完全不会承认了。

比如我在素菜馆吃饭恰好遇到了我的皈依师父、四祖寺的方丈明基大和尚。我当时吓一跳，怀着对师父的敬畏之心，我吃完饭就赶紧开溜。结果在门口被大和尚一眼瞧见，冲我招手。

我心想，他该不是要问我有没有好好学佛读经吧。我很惭愧，个性惫懒散漫，天气好就读读，下雨天埋头写东西去了。

结果大和尚师父很客气说："我有一个问题想问你。你们怎么把故事讲得那么的长？而且同时写好多人说话，脑子里不会乱吗？"

我松一口气。其实作家写小说时脑海里根本就看得到人物，活生生走动、聊天、打架、恋爱，有悲、有喜、有内心戏。我只是旁观者，把看见听到的统统记下来。这对于他们专心修行的人来说，根本就是杂念丛生，难怪大和尚要困惑了。

师父一脸恍然大悟，不过呢，我可没继续坦白从宽。因为我们不仅记录，还想方设法混淆真假，虚实不辨，如幻如雾。

这种事曹雪芹是高手，金庸也是高手，都把春秋笔法发扬光大，拐着弯写东西才好玩。

曹雪芹明着写薛宝钗知书达理，大家都夸。宝钗心里想着，以后可得躲着宝玉避嫌。一转眼，这姐姐不知不觉就坐到宝玉的床头给他缝肚兜。其实她爱这个男孩，想跟他好上都想得失控了。在那个年代，这算哪门子的闺秀嘛！这不就是心理学里的意识和潜意识嘛。

金庸写韦小宝天下第一滑头花心，看着天下第一美人陈圆圆的女儿阿珂，就色眯眯，魂不守舍。可是患难后跟丫头双儿重逢，“一颗心欢喜得犹似要炸开来一般，霎时之间，连阿珂也忘在脑后了”。

师父陈近南遇害，韦小宝号啕大哭呼天抢地，才发现自己从来没有父亲，他内心深处是把这个真正的英雄当父亲对待的。莫大悲痛，令人泪下。

真相都在人物的行为上，写书的人心知肚明，所以要各种花招让人领会。看似赞美，其实是讽刺，看似无情，其实深情。当我们写作时，我们在想什么？其实就是想着，更理解这个世界和我们内里的细微真心，让读到的人，明白这人间的欢喜和哀愁。

问世间情为何物

问世间情为何物，不过都是分泌物。

我大学修的是法律，有一天在路上遇到新闻系的同学，说某杂志社招聘编辑。于是我去了那家杂志社，成功签约，不过那是家心理学杂志，我怀着好奇心，从此改行跨界，大开眼界。

一晃十年，这么跟心理学专家们接触下来，偷师良多。如今的心理学界，跟脑科学密切联系，国际主流是实证科学研究的路线，七情六欲都找出谜底。

你知道人为什么会害羞吗？那是因为容易害羞的人的大脑有遗传原因，控制5-羟色胺流动的基因更短。其实5-羟色胺这玩意又名血清素，在体内含量提高，就会觉得心情愉悦，有抗抑郁功效。从此那些被人说内向害羞不够大方的人，可以心安理得给别人解释，我这是天生的，有个基因比较短嘛！这样一来，是不是觉得心态更加平和，反而有助于减轻害羞？

你还记不记得自己的童年，喜欢乱吃东西，有时候连自己的鼻屎都要尝一尝，还有咬指甲，吃橡皮头。这是因为人的味觉在出生时发育最完整，加上有东西吃是关乎生存质量的重要条件，但是随着对物品属性的理解，我们自动归纳出了口感差异和是否有毒危险，很多东西不再去吃。

你知道吃巧克力为什么爽吗？因为巧克力含有多巴胺。

阴天久了人郁闷，为啥天气晴朗了晒晒太阳，心情那个好啊！其实也没什么奥妙，光照促进分泌血清素。

你知道失恋为什么让很多人痛不欲生吗?

现代人感情发达，谈恋爱要死要活的，也不过是戒断反应比较强，不必过于拔高“爱”，最近我跟学者专家合作一个心理专栏，专家原话就是这么说的，“那是因为恋爱和吸毒在大脑中占据的是相同的位置”。

所以失恋后的生理心理反应，和戒毒的戒断反应是一样的，只是程度上的差别。有的人依赖5-羟色胺的分泌，有的人依赖多巴胺的分泌。这两种物质，是大脑感觉幸福的生化基础，体内不足，就得补充。

跟这些专家厮混久了，我渐渐从文艺控变成了科学控。风花雪月固然雅，但千年以来无数人玩下来，也欠缺新意。当文学勾搭上心理科学，反倒别致。现在重读《红楼梦》，我脑袋里就忍不住想，林妹妹的肺痨除了需要青霉素，还要多吃巧克力和户外活动，天天闷在屋子里写诗，为爱痛苦，那忧愁当然止不住的“菱花镜里形容瘦”。

香港“写情圣手”林夕被粉丝冠以金山词霸的美誉，填词无数，影响深远，这位先生也是人本多情，患上抑郁症，常年看心理医生，吃药补充多巴胺、血清素，久之也很有心得，近来终于总结出了一句大实话：“情为何物，不过都是分泌物。”

受伤的灵魂

在岁月的河流当中，没有不曾受伤的船，而真正驶向充满阳光彼岸的，恰恰是挺过伤害，化解伤害的船。

城市白天喧嚣结束的时候，就是我接听晚班热线的开始。在每个工作日的六点三十分，一直到九点钟。我常常猜想，那些静夜之中，接受我的抚慰与建议的人，会不会就是与我擦肩而过的陌生人？

在电话那头，一个陌生的我面前，这些灵魂才会哭泣、悲伤，白日的他们保持着日常的面貌。白日他们对朋友微笑，在亲人面前仿佛没有任何心事，在爱人面前安之若素。可是我知道，那些受伤的灵魂，现在，轻轻取下他们的面具，让我看见他们忧伤的眼神、悲愤的表情、沉闷的心事。

我总是试图唤醒他们内心的理性，在遭遇非理性事件的时候。我总是劝告他们要坚强，那些伤害你的人和事情，也许是无意的，也许是故意的。对于无意的，何必计较在心，对于故意的，你要坚定地反抗。

接听过一个男孩的哀求，那个伤害他的人，是他最尊敬的父亲。但是他的父亲是错的，他的父亲，用所谓的虚伪的权威，强迫他在生活当中，扮演逆来顺受的角色，而不是培养他坚强独立的性格。男孩说，每次父亲瞪他，他就感觉暴风雨要来了，全身战栗。父亲会极其愤怒地说，你是怎么回事情，怎么又出错。尽管他没错，或者根本不是什么大不了的错。而他总是想，我的父亲也许有他的道理，他是为我好，只是他太严厉了。

如果我见到孩子的父亲，我会告诉他：如果你是真正爱你的子女，那么，请你用正确的表达方式表达你的爱。我能够理解，学会独立与反抗是艰难的，要付出代价，甚至被指责是不肖之子。但是，请这个满怀悲伤的孩子记住，爱，没有正确的形式来承载，也会走向彼此伤害的歧路。

还有一个年过三十的朋友，他的妻子曾经与他在年轻时候相濡以沫，现在条件好了，她却迷恋上了网络游戏，不和他交流，双方争吵，觉得对方不可理喻。家里的事情，都赌气撒手不管。难道感情已经走到了尽头？不是的。原来他们从来都没有好好交流过，谁也不知道谁内心的真正需要。各自忙碌各自的工作，于是，心灵的协调与沟通淡之又淡。他指责她：为什么不关心家庭，不带好孩子，不关心他的生活？她抱怨他：你又为什么不主动过问，可曾想过一个人成天面对单调乏味的房间，多么无聊？他们都单纯指望一方付出，带着怨气，火药味不断滋长。我说，其实，生活本是平常茶饭，是细节上的相互关怀，是一对一彼此对等的呵护与关心。谁也不应该一味指责对方。为什么不是一起去努力，共同寻找回失落的温情？电话那头沉默许久，在一声“谢谢”里结束。

我常常追随他们的情绪而波动，甚至内心感觉疼痛。这起源于对生命本身的怜悯与共鸣。我该用什么来帮助他们？除了爱，还有理性。为什么这么多人不幸福？也许他们还没有真正理解幸福的含义。

幸福如同植物，是需要细致浇灌的。每个人在成长当中，多少都会有一些伤害，那么伤害就是你灵魂上的疤痕，必然会疼痛，但是因为伤害，我们才学会爱惜自己，学会珍惜别人，学会包容与坚韧。在岁月的河流当中，没有不曾受伤的船，而真正驶向充满阳光彼岸的，恰恰是挺过伤害，化解伤害的船。

通过一根电话线，我告诉那些陌生的人，要学会“自疗”——自己给自己进行治疗。别人只能协助你，但你最终要抛弃别人伸出的那根拐杖，学会自己抚慰自己的灵魂。许多个求助者，会问我，应该怎么做。而这个问题应该问你自己。我能够帮助你分析利弊，能够分担你的情绪，协助你寻找根源，但是我无法为你做出判断与决定。因为那会妨碍你的灵魂走向独立。

下一个夜晚来临的时候，一切寂静下来。电话再响起，一直到最后一句“再见”，我希望，那些受伤的灵魂，渐渐学会不用从别人的身上去寻找信仰与判断。学会自己坚强地面对，勇敢而果决，不因为苦难而放弃努力，多发现温暖而善待自己。独立与自主、坚强与自爱，是所有灵魂得以安宁，并且得到平安喜乐的必要路径。

像我这样的朋友

人生的路虽然不长，但是因为我们一直在走，并且那么急切地追求着自己的梦想，因此，我们不断地告别，然后迎接来新的相聚遇见。

今天你还记得那首老歌吗？还记得我这个老朋友吗？《像我这样的朋友》，那个时候的谭咏麟，还不需要去打羊胎素，那般光洁皮肤，青春意气。那才多大的年纪，居然就怀念了？

因此，我把旧日的老歌找出来，在闭门让灵魂静养的时候，一点一点地想起。“风雨的街头，招牌能够挂多久，爱过的老歌，你能记得的有几首，交过的朋友，在你生命中，知心的人有几个。”谭咏麟老去，当年的同行者一个个在年前离开人世，却不知道，他心中何等感触，但是二十年，弹指一挥间。怀念老歌的老歌，也开始被怀念。

“我怎么能够让你孤独地这样走，我怎么能够让你无助地望着我。多少的情感，多少的自尊，你的血泪中有我！这世界啊！越来越多的陷阱，越来越冷的感情，当你全部都失落，也从不退缩。越来越多的包袱，不能丢的是朋友。当你陷入绝望中，记得最后还有像我这样的朋友。”

生命当中那些来来往往的人，是我的朋友。我总是会在最适合记得的时候遗忘你们，在我悠闲无所谓的时候。但是我并不愧疚。因为，我总是在最应该想起的时候，在为生活焦头烂额的时候，想起你们。你们，是否一如我一样，忙忙碌碌？

朋友就是那些老歌。曾经爱过，然后忘记了，因为老朋友走过去，会有新朋友走过来。人生的路虽然不长，但是因为我们一直在走，并且那么急切地追求着自己的梦想，因此，我们不断地告别，然后迎接来新的相聚遇见。

但是，但是，在生命的某一个岔路口，越过一条河流，或者看过一朵小花时，我会想起你们，想起你们的种种表情，欢笑的，逗乐的，愤愤的，光阴使我们怀念。怀念是偶然还是必然？但愿我的朋友，读到时不会愕然，而是打来遥远的电话。我必定欢天喜地地快乐，即使，我问好的语气，平淡、低调。因为我那必定是极力掩饰了的。

第六章

人生若只如初见

人生若只如初见，相逢相失两如梦。
就因为日后，要回到各自旧有的世界里去，
那一短暂的假日光辉，出奇地耀眼美丽。

湘南女书

她们是一种生来谦卑的文字。她们的命运因为自己的属性被注定了，只在世界的角落卑微地歌唱。

如果不是一次意外的发现，她们的命运也就如同在中国的其他风俗一样。死亡在人间的时代变迁和现代文明的蚕食鲸吞，在历史的某一个清晨烟消云散，荡然无存，再无法追索回来，而仅仅是遗留下蛛丝马迹供后人凭吊。

而她们的命运也因为自己的属性被注定了，只是在世界的角落卑微地歌唱。她们是一种生来谦卑的文字。她们的形态都是女子的形态，身躯瘦弱、纤细、柔软、修长和婀娜。带着悲伤的美丽与忧愁，带着单纯的快乐和希望。但是她们却像是一个家庭主妇，永远无法在有客人来临的席面上一露面容，只能是独自在墙角和灶台边弯曲着身体，弥漫着千年的怯懦和本分。她们必须温和、优良、驯服、恭敬、俭约和礼让，而不能有丝毫的火气。她们必须如同冰凉的水一样，任人抚弄而不会反抗，而历来如此。

这样的一种文字是充满了男性霸王气息的世界所无法读懂的后花园。这是汉语语言文字有历史记载的，有历史记录的一切文字之外的歌唱，是完全的另类和孤独的营造。她们是变异的汉字。更正确地说，她们的汉字是一种反常的支流。从汉字的霸王地域出生，一旦出生就已经不是原本的汉字。

出嫁、描红、绣花、别离、孕育、祈祷、童年构建为她们全部的价值与意义，构成那些坐卧不宁的笔画。没有一丝不苟的方正，唯有含蓄内敛的情感。相比汉字的堂皇，相比历史上甲骨文、金文、隶书、楷书等被钦定、被御用、被主流沿用而盛大，后者是雄居宫殿的标准与君王，前者就是门外每日打扫的宫女，一辈子也不会被纳入法眼。

她们从湘南衍生，在湘西诞生了一位擅长书写流水一般的文字却被打击的大师沈从文。也许湘江的多情与水的性格赋予了那里的女子的与众不同。一个中国的女子在压抑下沉默了又沉默。而她们在沉默当中，固执地书写她们的文字——女书。女书，这是两个读来都叫人的心灵为之一颤的汉字。她们是彻底的女性文字。从内涵到外形，她们是女子的：三朝书、民歌、童谣、祈祷文、传记、叙事文、自传、汉语故事的译文……七个音节就是一段唱词。

在那里的吊脚楼当中，年纪比较大的女子与女孩一起躲在黄昏的阁楼上。光线从镂空的窗户渗透进来，影子明暗不定地在她们有些凌乱的头发上面神秘地晃荡。年长的女子说：出嫁，出嫁是这样写的。同时比画给女孩看，女孩的面容就有些红色，羞涩而灵巧地在一块绢布的围裙上，用曲折而纤细的字迹铺落。而布是垫到柔软的手掌上，手掌是垫到自己的膝盖上，那文字一落下就无比婀娜起来，就有了女子的心情与神意。

那时的女孩已经明白，所有的文字，这种被研究的人叫作女书的全部心思都是写给自己的。

这样的书写有多少个时代还没有人可以明确。只是我可以肯定的是，她们比千年之前的《诗经》里面的女子的歌唱还要固执和独立。倾诉、抱怨、指责、相思、恋爱——诗歌里面口无遮拦爽性而说的时代与她们远离太甚。她们的演说不会被记录到珍贵的文集里面，被尊重，被收藏，成为经典，被一而再地引用和赞美。她们背负了三从四德和礼义廉耻妇有妇道的教训，从出生到老死，被严严实实地包裹在男权的脚板下和裹脚布中，要求为忠实的工具和奴仆。可惜世界上的所谓钳制，总是有思维的漏洞流下的遗迹。她们就是如此的结果。

她们也是人，有困了、累了、倦了、爱了、恨了、哭了、笑了、收获了、失去了的情感。没有人来听我说，没有人让我说，我就躲起来说，说给自己听，写给自己看。完全是真挚的表达，杜绝了任何的功利，她们的书写是绝对的干净和纯粹。

她们开始了言说，最初是对着自己的镜子，或者是在河岸边梳头的水流，或者担满清水的水缸。然后是亲密的姐妹和长辈女子，私相传递，私相教授，书写在零碎的布头上、屋子的泥土上、大家的歌唱里、自家的记忆里、相互的忠告里。无关乎帝王将相，不理睬仕途经济，不承担国计民生，不讲究道德文章。

她们是女儿出嫁前回望娘家的最后一眼斑驳泪水干涸后的痕迹。她们是为心爱的儿女和丈夫祈祷祝福在赶集的庙门的哀求。她们是女人之间私房又私房的掏心话，是躲进小楼成一统、独领一个绝对幽微灵秀地的女儿王国全部的事物。当外面的世界充盈金戈铁马的血腥诡谲、尔虞我诈的时候，她们孤立地长吁短叹和浅吟低唱。女书的注意力在于家乡的山在四季当中的美丽和变换的容貌。

门前流水的姿态和妩媚所勾引起的全部遐想，对一块少有的精美的石头的感悟，对一片凋落的花瓣所有的溺爱和怜惜。一只鸟飞过树林的翅膀和歌唱，一条鱼游过河水的自由与自在的向往和倾慕。对那些青丝在岁月里面居然无情的雪白，对自己的额头在年华的老去的惊叹和感伤。对每个细节的全心精雕细琢，和反复渲染与咏叹。

再有，就是对苦难的排遣与自我的安慰。其实女人在铁索在泥泞中集体的脚印最终构成了这并非有机和有序的文字系统。她们更像是一些细脚的蚊子迈过充满灰尘的柜台，留下局外人难以捉摸的足迹。但我们从她们纤细的走向和痕迹中解读出了女子的卑躬屈膝，与她们灵魂的不安与悸动。女书本质上是承受苦难的文字，是寂寞到极点而不得不自言自语的慰问和吟哦。她们就是一些弦乐器，由他人来控制和演奏，声音代表着他人的情感和意志。但当控制的权力角色短暂离开的时候，她们借助着窗户之外偶然的来风，独自嗡嗡地作响。力求发出自己的悲伤、哀愁、渴望、憧憬、恐惧……

但是有谁在倾听？宫商角徵羽在说话，黄钟与大吕在雷鸣，风铃草的声音那么弱小，被淹没下去。这些小女子的卑微歌唱何人在听？富丽堂皇的建筑主宰着我们的视线和欲望。那么，有些需要以真诚、平等与宁静来倾听的声音，注定只是来自下层命运相同者的共鸣和欣赏。

纸折扇

纸折扇知人间滋味，有烟火气息，堪称至善。

扇子本来是引风之物，实用是源起。但我们手执一扇，不满足于只用来营造清凉世界。《朱子语类》卷九四里说："譬如扇子，动摇便是用，放下便是体。"这摇晃放下之间，讲究的还是体用兼顾之道。

我们把草木叶羽、水墨丹青、象牙金玉，都用到了扇子上，诞生了羽扇、折扇、团扇、檀香扇、葵扇等等品种。追求审美格调是无止境的，原材料可以要多名贵就多名贵，不过千百年过去，不管是帝王才子还是寻常百姓，平时最顺手好用的，还是一把纸折扇，收纳便携玲珑。

扇骨楠木湘妃竹就好，用纸手工适当精致即可。有雅趣要消遣，自己题诗绘画：送人自用都相宜。或者很多交好的文人书画家，一起在一把纸扇上兴致勃勃创作。一脉文气和生活情趣，都融合了。

《扇面10讲》里提到明代的朱鹭有一件五家书扇，就是由多名书法家合作的扇面：“在章法布局上，采用了分段式，五个书法家按统一的范式，在各自相对独立的空间书写。整篇书作在规整中显露出各家丰富多彩的风格。”

近代的张大千和黄宾虹等友人，也合作过一把八格景扇。正反两面分别由16位书画作者合作，或人物山水、蔬果花卉，或大小篆、隶书小楷、行草书等，每个人的风格都不一样，共处一扇，意趣盎然。

《红楼梦》里贾宝玉博美人晴雯一笑而让她撕掉的，也是纸折扇。虽然浪费，当中另有一份深情。近日我就自购了几把安徽产的空白纸折扇，打算写几个字，等到炎夏天送友人以及自用。纸折扇知人间滋味，有烟火气息，堪称至善。

一口火鸡的滋味

岁月如砂纸，我们的心最耐不起打磨。等到梦想一朝实现的时候，我们的心已经千疮百孔粗糙无比了。

我这样年纪的人，看着香港的电影，听着香港人演唱的歌曲，追着香港的明星。香港的痕迹，是彩色油墨滚筒下印出的花边。花纹细致精美，最粗糙的生活也被蒙上了戏剧的朦胧之美。

这座大都市的表情一贯地蒙太奇。各个画面穿插着，也就渐渐忽视了，其实与我们一样的草根同志，过着差不多的生活：在上班的闹钟声里打破安歇的美梦，狂奔向超市晚八点钟的打折货。

金灿灿的梦想常常只能够来自一个小方格子，那个电视屏幕里，念叨的广告宣传词语。可爱的麦兜跑过大街，坐船去实现做奥运冠军的梦想，最后成为一个学习抢包山的孩子，不为了冠军不为了见李丽珊，只是因为爱妈妈。

圣诞节里，火鸡从出世到销售，只有几个月的时间，但是在麦太家的厨房冰箱里，却度过了半年的时间，已经超过了它的一生。每天换着花样，它的香和好味道，曾经包围过麦兜母子的味蕾，犀利又温柔的。

日子从出生到结束，草根里一千万分之一有可能成为周润发与梁朝伟。香港是这样的，哪座城市的哪个角落不是这样？

所以，在将吃没吃的那一刹那，火鸡的味道达到了巅峰。这不是哲学家说的，是麦兜说的。麦兜说："我发现，火鸡的味道，在将吃和吃第一口之间已经是最高峰。后来只是开始了也就吃下去了，我有哲学家的头脑，不知这样的事情能悟出什么道理，可是这些想法，在我长大以后……"这样说的麦兜已经不是小孩子了。

马尔代夫，麦兜已经去过了无数次，包括那次一生之中最精明最快乐的旅行。从早到晚，平民的幸福，节制而热烈。就像是那个在我看来无比精确的形容：犀利而温柔。它无比犀利地见证着草根世界之外的隔膜，卑微的依然卑微，他们享受的生活永远不能够和他们支撑起来的社会金字塔尖上的相比。充满牛皮癣的老街上，在天台上做早操的中年妇女，为了生活拼搏，如同游戏里的过关，要避开无穷的人为障碍、无辜打击与意外炸弹。

但是，它也无比温柔地展现着草根民众，寻找生活里的点滴幸福所露出的温柔笑容。麦太跟麦兜开玩笑才说的"发了财就带你去马尔代夫！"终于在麦兜生病后可怜的眼泪下，从渴望变成了短暂的替代现实。麦太只能带他去香港附近的地方游玩。"蓝天白云，椰林树影，水清沙幼……"

卑微其实不足以打动我们，看电影的人之中，我们自己不也是平民？每天我们见过无数乞丐和更加糟糕的可怜情景，心死掉、彻底失望并且麻木的人们，不关心也懒得关心。只有卑微里还保留着希望和梦想，我们才依旧看着心意动荡。

只是，长大后的麦兜，真的到了马尔代夫，他还会那么喜悦、那么兴奋、那么快乐吗？岁月如砂纸，我们的心最耐不起打磨。梦想所以美好，是因为我们还拥有梦想。等到它一朝实现的时候，心已经千疮百孔粗糙无比了。

给麦兜一个充满浓烈火鸡滋味的童年，一个缺陷但还算完整的童年，一个有很多失望但还有快乐的童年，麦太很努力去做了，麦太是伟大的。

我需要麦兜，需要这部电影，需要看着一头小猪，和他的妈妈麦太一起坐在高楼大厦下，端着火鸡，看着天空充满了烟火的七种彩色，带着妈妈已经去世的感伤，回忆着那一口火鸡将吃未吃的幸福。麦兜那幸福的神情，使人落泪。

鸽子启示录

浮生若上瘾，终身成蹉跎。蹉跎之中，最大的痛苦也是最大的快乐。

有人说梁朝伟有时闲着闷了，会临时中午去机场，随便赶上哪班就搭上哪班机，比如飞到伦敦，独自蹲在广场上喂一下午鸽子，不发一语，当晚再飞回香港，当没事发生过，这才叫生活。

科学实证派说时差那么多，飞行那么漫长，香港到伦敦至少十来个小时，梁朝伟一来一回怎么可能是当晚。没多久娱乐圈人士又站出来辟谣澄清说喂鸽子的事情是有的，不过梁先生一贯喜欢“慢”，人家是悠闲出行，根本不可能那么疲于奔命。

后来，梁朝伟的太太刘嘉玲在一次访谈里，确认了这事。梁朝伟是个艺术家，就喜欢独自去一个地方待着，去伦敦喂鸽子，去其他城市看雪。

要我说，这些人都太健忘了。《东成西就》里扮演西毒欧阳锋的梁朝伟不是从国师那弄到一双闪电速度的飞行靴吗？这靴子长着一双白色的翅膀，脚一蹬还可以当暗器灭掉才出关的王重阳。

所以有了这双靴子，去伦敦看鸽子当天来回算什么，早出晚归绕地球一圈也不是问题。问题的关键在于——靴子是国师的。国师是谁扮演的？张曼玉。

这两天张曼玉跟小自己十岁的外国男友分手，又回香港了，又接演电影重出江湖寄情工作了。

结婚、离婚、暧昧、恋爱、分手，这个优雅的影后，生命里出现的每一个男人最后都以失恋告终，据说旧爱名单有尔冬升，也有鸽子先生。黯然销魂饭吃了一口又一口，叫人感慨，一往情深的人最容易为情所困。

2012 年是狄更斯的两百年诞辰，他的小说《远大前程》中有个女性人物叫赫薇香，一生都未走出在结婚之日被未婚夫抛弃的阴影，尽管非常富有，却天天穿着破旧的结婚礼服，沉浸悲伤之中。

后来心理学有了个“赫薇香效应”，特指对悲伤上瘾。

好了，至此大家应该看出来我绕了一个大弯子到底要说什么了。我之前写过“情为何物，不过都是分泌物”，现在活生生的例子就送上门了。总在失恋的人，感受到“深刻伤痛”的大脑伏隔核更加活跃。伏隔核是大脑快感回馈系统的一部分，受到刺激时，会充满了令人产生快感的化学物质多巴胺。

痛并快乐，既是文学细腻的经验，也是实打实的生物现象。拥有这种体验的人，演技已经不是演技，而是心身俱献出，博得观众灵魂深处共鸣。失恋，然后表演愈发精湛动人，艺术成就早臻繁华极致，只是回回伊人独憔悴。

据说原理摸清后，有助于进一步开发治疗悲伤的手段。不过我打赌手段研究出来，张曼玉也不会理睬，情愿继续循环轮回。浮生若上瘾，终身成蹉跎。蹉跎之中，最大的痛苦也是文艺工作者最大的快乐。

对悲伤主动去利用，能够短暂投入，再抽身出来，那就也有好的一面，这样的悲伤令我们平静，省思人生。所以，刘嘉玲不介意也不干涉梁朝伟去喂伦敦广场的寂寞鸽子。

凝视那悲伤的深渊

因为悲哀痛苦太过强大，我们通常做出的选择是，背转过身，不去看它。

找回自己的父亲母亲，是所有孩子一生的使命。

世界上有太多父母，停留在孩子身边，却名存实亡，形同荒废。

人类男子康纳和海豹仙女布罗娜相爱，结婚，生子。他们的儿子本满怀期待着妹妹的降临。但是布罗娜在女儿西尔莎出生之时，回到了大海，留下了这对儿女。失去妻子的康纳被痛苦打败了，沉浸其中，无法自拔。看守灯塔的康纳，变成了会喝醉的酒鬼父亲，无法好好陪伴孩子。虽然他爱着儿女，但他自己已经崩溃。

当大人脆弱不堪的时候，孩子就会自己挑起职责，反过来照顾大人。本和妹妹西尔莎就在这样的处境中长大。

西尔莎在海边发现了母亲留下的贝笛，差一点被海水淹死。忧心孙子孙女的奶奶带着他们离开海边，到城市生活。

本对妹妹西尔莎的心情矛盾复杂，母亲是在生妹妹的那天离开的，仿佛就是因为妹妹的缘故导致了母亲的离去。而西尔莎又是他在这个世界上唯一的妹妹，是最亲的人之一。他理应肩负哥哥职责，照顾好她。偏偏西尔莎与他不合。其实，西尔莎也感觉得到哥哥的内心对她是怜爱与恨并存。

西尔莎这个一出生就失去了母亲、失去了正常父亲的幼小女孩，整个人苍白无神，灵魂缺失，充满了仇恨。西尔莎跟哥哥作对，跟所有人冷战。实际上，这就是一个得不到足够的父母之爱的家庭弃儿。

因为悲哀痛苦太过强大，我们通常做出的选择是，背转过身，不去看它。

我们会装作“遗忘”了失去的家人。

我们不提及，我们回避。但痛苦就在那儿，一直在那儿存在，无形透明，莫失莫忘，不离不弃。

当我们还小的时候，我们不懂大人的选择。当我们自己也长大了，经历失去与告别，我们就明白了。

我们在真实世界里无法直接讲出来的悲哀伤痛，就会幻化为其他的东西。这是属于我们的平行世界。

在《海洋之歌》里，天神失去了自己的爱人，怎么也找不到，就一直痛哭。眼泪积累成海水，把陆地哭成海洋，哭得洪水滔天。

之后，天神被他的母亲猫头鹰女巫玛查施展法术变成石头。

而他的母亲玛查之所以这样做，就是在遵循人类惯常的做法：遇到生命中不可承受之重，那就不要承受了，我们让自己死去，把自己的心封存起来，冻结起来，令它硬化。这样就不会痛苦了。

一个无法承受儿子那么痛苦的母亲，干脆就把儿子变成了石头。这个母亲玛查自己也无法承受自己的痛苦，干脆用魔法打造了满屋子的玻璃瓶子。只要愤怒、悲哀、伤心、怨恨、悔恨从体内诞生，她就马上用瓶子吸收装起来，这样她才能继续平静地活下去。

父亲坍塌，母亲离去，妹妹失魂落魄奄奄一息，奶奶强迫他们离开原来的家，这样的人生，男孩本再也无法忍受。他决心找回父亲和母亲。他遇到长胡子的老人，那个老人象征着记忆之神。

寻找之路，总是从重新检视记忆开始。

从何处来的问题，就要去何处解开。

本带着西尔莎进入了神话当中，遇到了玛查。他让西尔莎吹起贝笛，乐声粉碎了那些玻璃瓶子。所有痛苦的感受，回到了玛查体内。人性也重新回到了玛查身上。

她答应帮助本救妹妹。

她派出了神话动物，护持着本、西尔莎和宠物狗，一路返回到海边的灯塔，回到他们的家。玛查告诉本，只要本找回西尔莎的海豹衣，就能救西尔莎的命。

康纳发现女儿发着高烧，儿子要去海里找海豹衣，他对这一切难以置信，但他决心带着儿女找医生。茫茫大海，充满惊涛骇浪的雨中，本不顾一切跃入海中，救子心切的康纳也跳下海。这一刻，康纳终于重新开始履行父亲的职责。

本找到了海豹衣。

西尔莎得救了，开始唱起精灵之歌。她一直唱，一直唱。

这精灵之歌，任意飘荡，有着无限广大的魔力，弥漫在宇宙之间，精灵复苏，天神醒来，不再哭泣。猫头鹰女巫找回了从前的那个儿子。

歌声遥遥抵达的终点，是布罗娜的耳朵中。这是穿越时空的呼唤。

布罗娜重现了。

她必须跟着自己的种族而去，她要带走女儿。西尔莎却选择了脱下海豹衣，继续跟爸爸和哥哥生活在一起。

终归，这是一个讲述如何说再见的故事。如果家人不告而别，巨大的伤口，会一直留在这个家中每个密切关联的人心上。

如果你因为种种难以言喻的原因真的要离去，还是需要真正的告别。

如果父母缺席，那么所有的孩子，一生都会有意无意执行自己秘密的心思，一定要找回父母，通过各种方式。

这种缺席，其实跟是否陪伴在身边关系不大，与精神上的隐蔽纽带紧密联系。

哪怕父母不在身边，离开人间，但我们确信父母希望我们好好生活在世上，我们就不会真正失去父母。因为记忆使挚爱的人内化于心。

布罗娜曾经不告而别。但她的儿子本，找回了母亲，改变了结局。这个母亲回来把她未完成的仪式，完成了。

不告而别的她，是所有痛苦和家庭残缺的本源。

有所交代的她，再度离去，反而完完整整留在家人的心中。

康纳一家人，得以重新开始生活。莫失莫忘，不离不弃。

人生若只如初见

人生若只如初见，相逢相失两如梦。就因为日后，要回到各自旧有的世界里去，那一短暂的假日光辉，出奇地耀眼美丽。

许多少年时代看了这部电影的人，第一次知道什么叫惊艳。是的，这个词语可是极其苛刻地被使用的。

如果你还记得，奥黛丽·赫本扮演的小公主在电影开头被牵到中心座位前，慢慢走路，那腰之细，那神情之高贵，还有那身体想要到外面世界打转的灵魂，在眼睛里很偶然闪出的光芒，多么迷人。脚下蹬掉了鞋子，那鲜活的小动作，都在说明这个女孩到了期待什么到来的季节了。

童话与现实的区别是，童话里公主会顺利地爱上一个王子并且幸福生活，至少也应该是一个勇士或高干。现实是公主爱上的是一个报社里混得很差劲的新闻记者，这个记者并且只是想再赚笔钱回纽约。他只是一时心动，看见一个女孩子在马路边上，睡在石头上，忍不住要叫醒她。

我特别喜欢前奏，炽热而无限欢喜的爱情相遇之前的前奏。尤其是在故事看完后回头再去看。明明知道好事将近的感觉最美妙，真正得到了就是另外一回事情。那时候电影里的欢乐降临，仿佛也降临到看的人头上。闹脾气的小公主拿枕头擦了几次眼泪，跟随的人到门外去了。她看看左边墙角，看看右边墙角，又看看头顶的天使雕刻装饰。跳起来，换上圈子，戴上白色手套，长发披散，像一只小鹿穿过窗户，落到楼外，爬到送酒车里，靠在货物箱子上打瞌睡。

只是心血来潮地实现了一次出逃。后来的故事已经不需要再讲下去。可以回头再去看出逃的公主，嘀，初生的婴儿一样打量着这个世界，朝着陌生人友爱地招手，可爱地笑着。有一个男人，那个格里高利·派克，从小赌博的房子回家，就要路过她，出租车就要被叫住，两个人就要睡到一个房间里，什么不发生地在一个房间里。然后，她一生之中最开心的一次假期，在罗马这座古老而浪漫的城市，快要敲起开始的铃声。

所以到最后，这还是一个童话。偶然一次成功的出逃，完成了一次漂亮而生动的邂逅。两片树叶一样被莫名其妙的风吹到了一起，发生了彼此欣喜的关系。然后注定了你要走你的路，我要走我的路。

你要继续在白色礼服的束缚里包裹得严实，虽然不耐烦，但还是要仪态万方地被各方贵族吻一下小手。接受无数的小车珍宝的馈赠，并且最后继承王位，成为一个帝国的最高象征。

另外一个，他的故事也许会被他的子孙记录下来，然后代代流传，成为家族传奇。

如同《罗马假日》50周年纪念的时候，格里高利·派克去世，影帝离开了。

奥黛丽·赫本也早于1993年去世。世界上再也没有这两个人了，用他们的容貌和一部电影里的光芒，在过去的年代，很早就告诉我们浪漫为何物。银幕上有的，是永生的小新闻记者和公主。

对于公主，是心若被困，不如出逃。忽然想起曾经做过的一个文章策划标题，爱若被困，不如私奔。沉闷的人生犹如长夜，睡也睡不好，烦躁不知所求为何，所做为何。但有一天发生意外，一颗流星路过，各自旅行的路线发生了一次交叉，萍水相逢了。然后再分开。一切都不同了。酒是以前的酒，水是以前的水，但加在一起，你看不出任何变化，但确实已经变化了。生命就是这样玄妙而惊奇。这一次的新鲜绚烂，足够点亮心灵，此后无尽的乏味。

人生若只如初见，你还如初见时的模样，该是多么美好的故事。于千万人之中遇见你，愿你就是我初见时的那个人？人生若只如初见，相逢相失两如梦。就因为日后，要回到各自旧有的世界里去，那一短暂的假日光辉，出奇地耀眼美丽。

心里的植物

心中有春天和阳光，才能够带给自己以外的世界春天和阳光。

静静地靠在床头很久，脑袋里回响的那些唱诗才停止下来。“放牛班的春天”或“唱诗班男孩”，如果要我选择，我情愿选择后者。这两个翻译的名字，我更加喜欢后者。因为一直到马修老师离开了学校，带走了幼小的佩皮诺，也不是所有的男孩都得到春天。春天本是心灵的一个暖化。阳光下有消融后的笑容，也有仍然顽固的坚冰。

他们是一群在“池塘之底”，久不见完整阳光的孩子，直到马修来了。我说是完整的阳光，是因为在校长和温和的马桑大叔口中，都有过慈善的人做过努力。要么没有坚持下去，要么就是没有有效的办法。是音乐创造的奇迹吗？也许是的。但我相信，更多的是温情创造的奇迹。那些想象当中可怕的、被妖魔化的孩子，也不过是一群不知道轻重、心灵充满创伤的孩子。

我真的为看过这部电影感到一丝骄傲。它在那么热情如春天覆盖大地的时候，仍然回到了平实的生活。

“黑夜中的方向，希望之光，生命的热忱，荣耀之巷，童年的欢乐，转瞬即逝被遗忘，一道绚烂金光，在小道尽头闪亮”，当我的情绪沉浸在那个天籁的童声当中，沉到孩子们的合唱当中，却又顺着故事，步行回“现实”。不是每个孩子都被感化，中途偶然暴露出一些温暖迹象的校长，最后还是用暴力冤枉了一个做实验的男孩蒙丹。这个被委屈冤枉了的男孩，因此烧掉学校复仇。

这部电影使我再次去想，一个人在世界上能够做到多少？比如曾经在书中读到将水送回大海的外国科学家。心中有温情的人，能够带给别人温情，并且能够最大化融化周围的人。而这个前提，必须是发自内心的，交互的。对啊，最终不同的人的行为，带来不同的结果。

电影里的孩子们，是幸运的。如果作为一个成年人，我想，就很需要学会，主动向阳光温暖的人物学习和靠近。虽然还是老话，却是恒久不变化的，被我们追求的一份美好，分给别人，那就是两份。一个好的老师，教育出的将是一群好孩子。

曾经被春天温暖过的幼小心灵，获得了新生，在未来的成长受惠一定很多，不光是成了音乐家的学生莫杭治。

那些细节，是所有问题少年的特征。背着人唱歌，他内心是如此寂寞和不被理解。总是用相反的方式取得注意，但效果也相反。甚至马修老师，也不是一个上帝派来的完美的教育家，他一样在渐渐相处当中学到东西。他因为灵机的冲动，拿音乐弥补孩子们的灵魂缺损。

他也打算放弃过莫杭治，他说，不是少了谁合唱团就不能够进行下去。而当他看见角落沉默的莫杭治，还是服从内心的良善，让孩子重新获得了表演的机会。

马修老师在心里说："完美地契合我的节拍，在莫杭治的眼神里，我突然读到很多东西，自豪、被谅解后的快乐，还有对于他是第一次，懂得去感激。"

他从一个失败的音乐家、失业的学监转变为真正赢得孩子们爱戴的老师，也因为，他把自己放到融合当中。他始终都没有去伤害任何人。甚至面对蒙丹，也是以保护的态度对待。除了蒙丹在威胁佩皮诺的时候，他给予了坚决地警告。

他不能够改变世界，甚至自己的爱情和潦倒，但他能够改变他身边的孩子们。他们彼此都在成长。他理解孩子们折纸飞机玩，他理解孩子们渴望外面的世界、渴望自由的天性。他的阳光甚至照亮了一点哈珊校长的灵魂暗室。当哈珊也偶然没有"行动反应"处罚、参与踢球，当哈珊也学着丢出飞机……

马修老师一直教着音乐，直到他去世，没有尝试过扬名。他还需要名声吗？他的内心如此富足。他带走了始终在星期六固执等待父亲来接的佩皮诺。

"风中飞舞的风筝，请你别停下来，飞往大海飘向高空，一个孩子在望着你……率性的旅行，醉人的回旋，风中飞舞的风筝，请你别停下来……"这诗歌在童声里，久久响彻天空。

电影的故事，从白雪覆盖的寒冷冬天，到入夏第一天一道明媚的阳光下。我们常常说，寄托希望在一个如此美好的老师身上，是单薄的。但是，他这样的形象，借助电影可以感动多少人呢？无数吧！这也是需要有理性约束的世界，更加需要用艺术的情绪去感染的缘故。人心里都有植物，阳光和温暖给予生命和成长，寒冷粗暴的摧残带来夭折与扭曲。

心中有春天和阳光，才能够带给自己以外的世界春天和阳光。

在偏见世界里深情活着

夜空的风吹动老狐狸的衣袖，小兔子在他身边，他得以凝望幼年的自己，直面憧憬与幻灭。

小镇女青年朱迪怀着巨大的理想和热情，千辛万苦考上了警察，来到大城市动物城。

没有什么能够阻挡年轻人对大城市的向往。

大城市里面最危险但又最迷人的，恰恰正是偏见。

这里充满势利的眼光，这里充满歧视的斗争，这里充满动物种族的偏见，这里也充满了老狐狸。

略施小计，尼克就骗了朱迪。他串通看起来像个无辜小狐狸的耳廓狐，演了一场好戏：父亲要给渴望大象冰淇淋的儿子买生日礼物。实际上那只耳廓狐是个粗野老狐狸，只不过个子小，显得没长大。

当老狐狸还是小狐狸的时候，心中温热天真，幻想当个棒棒的童子军，为大家服务，但却被不信任的伙伴套上了口笼。他败于偏见，加入偏见，成为偏见。直到老狐狸尼克遇到小兔子朱迪。

老狐狸在小兔子身上看见了过去的自己，并且爱上了她。这是世界上最深刻的爱，一如疯狂黑心的大富豪刘轩必然爱上了纯真信念的美人鱼姗姗。

大城市里有金钱，有聪明，有权力政治，有无处不在的歧视，有深入骨髓的偏见。偏见从何而来？

从每个人内心的害怕而来。

我们害怕吃了上顿没下顿，害怕被别人欺骗，害怕弱肉强食沦为弱势，害怕被社会压榨，害怕被野心家统治操控。所有这些害怕，让我们需要更多金钱，需要更狡黠的生存智慧，让我们需要防范他人飞快贴标签，让我们需要新闻真相又热衷只相信自己愿意相信的。

这些在电影里一一对应。

绵羊副市长饱受偏见压抑，一心要改造游戏规则，用“午夜嚎叫”下毒野蛮化食肉动物，不择手段为食草族群代言。

食肉动物狮子市长虚伪无能，解决不了问题就先掩盖起来。警察局的牛局长，藐视可爱小兔子，犹如职场的男权主义上司敌视能干新女性。

真实的行政官僚们都像树懒那么故意迟钝，拜托关系才好办事，缺乏幽默感，也没树懒那么萌。得罪了黑帮大先生的其他动物会被杀掉，朱迪救了鼩鼱千金小姐一命，得到幸运报恩。

朱迪的新闻发布会上，用狐狸教的招数自言自语对付记者，以自己的偏见取代另外一种偏见。她说食肉动物的基因导致爆发攻击，这么直白的物种歧视伤了狐狸的心，狐狸与她决裂。

这正是我们今天的世界，而且这是普遍的人性，没有什么明显的例外。所有这些政治寓言都是老生常谈，20 世纪的人，以为 21 世纪文明曙光普照大地。今时今日解决了温饱衣食，却解决不了人性冲突和狭隘经验的仇视。

穿过深刻却无趣的政治讽刺背景，我们接收到了一种微妙的信号。

是这种微妙的信号，令尼克被朱迪打动。

傻兔子和坏狐狸的化学反应，就是爱情。傻兔子会有样学样变聪明，拉着坏狐狸帮自己破案，小兔子舍生忘死救下老狐狸，老狐狸便挺身而出。年轻女孩发现了老男人的油滑底下居然还有真心。

这真心，必须以真心召唤。

夜空的风吹动老狐狸的衣袖，小兔子在他身边，他得以凝望幼年的自己，直面憧憬与幻灭。

就像老狐狸一开始讽刺小兔子的，你这个傻白甜小妞，来到大城市，以为自己能改变世界，结果当个交通协警，每天贴罚单，被忽悠，被歧视，被打击，一败涂地，满心伤痕累累，失望透顶，滚入泥泞。

这些糟糕的东西，小镇当然也有，但大城市统统放大一万倍，甚至一百万倍。

偏见越深越多，意味着留待勇者改变偏见的机会越多。

又危险又迷人的大城市，设置了重重叠叠的机关，直到你遇到了一个真正的爱人。

我们的老狐狸尼克，遇到了小兔子朱迪。一个老油条混混遇到了女警察，本质上其实是老男人遇到年轻女孩。

所以《疯狂动物城》是百分百的寓言片，但也是百分百的爱情片。

疯狂的动物大城市，就是我们的现实世界，一般无二。但其实谁也没有什么高明的解决方案。不管是自诩铁腕的政客，还是幽默正确的首领。

年轻人哪，你来到大城市，要见识遍地残酷，见识矛盾和偏见，然后做出选择。

成为聪明的好人，再找到爱。这很艰难辛苦，还要看运气。

这种希望，只有可能在千万人的大城市发生。小镇上只有温情却永远固执保守的父母，只有或者沉闷无趣的老好人或者埋头赚钱混日子的异性。

只有在大城市里才有机会，遇到那个曾经像你一样纯真的人。

大城市的人足够多，小概率也被放大。

爱是一个最泛滥的词。通常我们提到爱的时候，不过是占有欲、性需求、情感寄生、权力控制、关系绑架。

只有一种爱是真爱，发自我们对理想自我的爱，而这种理想自我，出现在我们对面的那个人身上，我们如同长夜闪电被照亮，重返少年时，见到了最初的自己。

这种会失控、不受常规的东西，是所有偏见秩序的唯一特效解药，稀少罕有。

我们软弱无力藏起来的那一面，遇到这种深情以后，打破畏惧，打破偏见。

这个人将陪你穿过对庸俗的投降，陪你洗掉蒙了心窍的猪油，陪你丢开乏味的金钱权力，陪你放下对安全感的执着，相信自由，重新做着英雄梦想。

老男人的智慧加上年轻女孩的真心，被爱情这个火炉锻炼融合在一起，成为利器。

一狐一兔，一起破案寻找真相，彼此相爱，成为城市传奇。就像尘世间的一对侠侣，依靠着温热的人性，平衡着广阔庞大的矛盾，在偏见世界里深情地活着。

第七章

你如此需要慰藉

我们经历磨难，是为了更好地安慰他人。

懂得安抚，在我们生命中特别重要。

我们都需要慰藉，很需要。

旅行的意义

世界可爱的一面就是，有一些人不必成为热爱苦难的人。不必口口声声说什么困难教会他什么。

有一年我出门旅行，去了一个我去过的地方。真的，我很少出游去同一个地方两次。没想到，阴差阳错计划改变，我又来到鼓浪屿这个小岛了，连自己都觉得出乎意料。

我住的那家旅馆淡季打折，带浴池的房间不到三百，坐在柜台内的店员闲扯说，有个客人本来住的是四百多元的房间，因为是长假前来的，后来涨价到七八百元一晚上，那客人心一横，也继续住了四天。我听了忍不住哈哈大笑：这种豁出去了老子就要好好奢侈一把玩几天的心态，太可爱了。

那些日拼夜拼努力赚钱的人儿，来了岛上，活得像个人样了，实在让我想跷起大拇指夸奖。

白昼顶着曝晒的日光看猫看狗看男女老少国人老外，夜间，跟友人，跟两个陌生人在小酒吧闲坐。我不喝酒，我看他们喝酒掷骰子，我还看旁边另外一大桌子的女生玩勇敢游戏。这些女孩发出巨大的笑声，有个女生被她们鼓舞着站出来，突然跑过来抱住了坐我旁边的一个男生。于是整个天台上的人都乐开了。

回去的路上，走过熟悉的路，吹着风，背着背包，我像个无声无息穿行在岛屿上的透明幽灵。不必勉强自己说话，也不用强迫自己执行什么工作计划，很爽。

故地重游，我这才醒悟，这岛屿真正吸引人的，不是什么文艺杂货铺、老建筑、海边风景、小吃、约会，而是一大群人，来到一个地方，像模像样热热闹闹玩几天。玩什么都好，能用心去玩，才是最了不起的事情。

有了这么一个大家都在用心去玩的氛围，难免从众心理作祟，玩得更加心安理得了。没错，我们这国度有种先天的教条，贬低玩乐强调劳苦，然则，生命如此稀罕绝无仅有，转瞬即逝化为尘土，你怎能连玩耍都觉得有罪?

尤其是玩乐之中，藏有真正的个人价值。年轻时候看作家倪亦舒写的小说，她最喜欢写故事里的主角世间打滚，哭笑折腾，然而回忆幼年或昔日曾有过一段极欢乐的玩耍时光，也就不会那么心有不平太过酸楚了。

那段发自内心觉得快乐的时光，是属于自己的，是自己真的在活着。有了这段时光打底，此后才能更奋不顾身地活下去，去爱去恨去勤勉用功，继续发展成就我们的故事。多励志啊!

反之，你看那些让自己总是活得苦累交加者，永远抱怨不完，沉沦其中无法自拔，令人避之不及。

我们活这么一辈子，并没有太多时间真正用给自己。尽管我们有不少时间是一个人度过。

当我们孤单一人却一点也不享受，觉得寂寞觉得孤独，只因为这样独自一人时，我们丢不开其实次要的事物工作，我们心里惦记着根本不属于自己的人，没能把生命赐给自己一点点。

如果这世界真有神，那爱玩的人才配神的眷顾，才有资格身心健全，做神的孩子。

世界可爱的一面就是，有一些人不必成为热爱苦难的人。不必口口声声说什么困难教会他什么。

比凡·高幸福太多的人，是毕加索。因为他活着成为大师。 毕加索的传记里写了一笔：那天晚上玛丽·洛朗森喝醉了。

玛丽·洛朗森不必成为一个热爱苦难的人。对她来说，“喜欢奢华，生在巴黎觉得三生有幸。不喜欢闲聊，责骂和恭维，吃得快，走得快，画得很慢。”她活到了 73 岁，晚年在巴黎郊区的森林附近买了一套小公寓，从不缺钱。女管家陪着她安享奢华，走到尽头。

很多人对受苦心安理得，甚至逆来顺受，对幸福受宠若惊，甚至闪躲恐慌。大概就是鲁迅说的那样，做惯了奴隶。

其实，你有资格承受世界上任何庞大的幸福。

外放之音

我爱你们，但我属于我自己，我有我自己的人生要去走。

学生时代，我每次听见广播电台里的音乐放送，都会涌起一种冲动：喂喂，主持人，我给你我喜欢的音乐，你放吧，大声放给所有人听。

我还真的这样做过哦！我把自己很喜欢的李心洁的CD，给了当时我就读的大学广播台播音员，那是我们法律系的同班同学，一个能说会道的胖男生。我尤其跟他强调说，你多放放《爱像大海》，我最喜欢那首歌了。

之后，走在学校的林荫道上，那首歌被播放出来，听见“雨就哗啦啦啦，下成小溪，流过山谷和大地，向大海去……”

我的胸口，充满了无与伦比的心满意足。

后来，在马路上，在大众场合，在巴士和火车上，总能够遇见扩大手机音量外放音乐的人。但我很少那样子，用格外喧嚣的外放之音，强迫他人的耳朵。

很讨厌，公共场所外放音乐的行为。明明可以用耳机，或者声音降低一些。

我忽然就想起了自己的广播电台音乐放送情结，以及我从事的职业。完全可以理解——自从我写作以来，就很少有那种希望广播电台被我控制，大放我希望放出的音乐的念头了。这是因为，我有了足够的表达渠道。我干过编辑、记者、作家，报纸啊、杂志啊、网站啊、电台啊，都是我的渠道，常常可以接受访谈，发表文章。我的表达欲被满足。

深深地充分满足了我这样的内心需求之后，我不需要外放之音了，那种方式多笨拙呀。我不需要大声说话，就可以被听见说了些什么，我的观点可以传遍世界，如美国、加拿大的英文报纸。

这也是为什么有的作家明明写作了，却又隐藏作品，还要口口声声死后烧掉云云，但他们书写叙述的口吻，分明以读者的存在为基础。即便没有现实的读者，也会在脑海里模拟读者的存在。

没有这样的职业便利的人，不管是大人，还是小孩，会一直固执地迷恋其他方式来实现表达。

总不能够消停的手机外放音乐，不管是在巴士上，还是马路上。我喜欢的，你也来听啊！

总在议论天下大事的的士司机，还有兄弟哥们儿的酒桌八卦，我的见解，你来赞同啊！

好姐妹之间的绯闻八卦，评价这个女生，攻击那个女生，通过谣言、传言影响他人。还有迷恋毒舌点评的评委，可以冠冕堂皇来影响他人，多好。

父母教训孩子永恒地喋喋不休，包揽抉择孩子的人生选择。为什么不教训，不包揽呢？不教训白不教训，除了孩子，可没多少人听他们，除非他们是杂志社、报社老总或者电视台老板……并且，孩子毫无疑问被影响了，即便是恶劣的影响。

这种父母，比较拙劣。

我的生命曾经覆盖过你的生命，我来过这个世界，影响过这个世界。不管是些微的影响，还是剧烈的影响。即便影响不了世界，影响了一群读者、几条街道、几个朋友、自己的孩子，也是好的。这个是所有人都有的愿望，不分伟大人物或是星斗市民。

所有的这些影响，都在间接、直接证明着我们自己的存在。

幸好现代社会出现了网络，网络拯救了大众这一欲望。籍籍无名的沉默者，都可以来说话，被人看见，甚至产生影响。所以网络永不会平静，充满噪声。但是，我们会无比热爱网络。

如果你也有“外放之音”，渴望影响他人，那么，努力去尝试更容易被人接受的表达方式。或者磨炼自己的思想，抵达发表出版。如果你有这样的父母，也可以告诉他们，我爱你们，但我属于我自己，我有我自己的人生要去走。

江城

四面八方的年轻人一年年来，一年年走。樱花和湖水，小吃跟爱情，都在回忆里永不褪色。

7月某天经过老城区的路口，在一条巷子口侧身看了一眼。一个太婆靠在躺椅上，头发半挽了个发髻，右手指夹一根烟。这太婆满脸皱纹，阿妈款式衣衫，但吞吐烟雾的姿势，一派高手架势。有人过去跟她打招呼，她就挥挥手，搭腔几句，隐约可闻一派粗鲁豪爽。真是一把年纪了，硬气不改。

这样的太婆，见过不少，闭着眼睛也能够闻到老江湖味，你要是敢上前攀谈，她绝对可以跟你扯着汉腔，旧故事说个天昏地暗。老街道老房子老巷口，这太婆在黄昏日暮的光线下，淡看岁月的范儿十足。

有空的时候我也跟小朋友们玩，不到20岁的各种本地娃儿，聊起天来普通话说得非常顺溜，礼貌客气也很周到。不过呢，接个电话，要是家里人打来的，口音立变，切换自如。回过头，又是斯文可爱。这些小朋友跟我说，他们的妈妈、嫂子是改不了口音了，不过他们可是轻松自如完全驾驭。

还有那些小小年纪来武汉读书求学的年轻人，虽说武汉的大学是铁打的营盘，大学生们是流水的兵，不过呢，这流水一直流着，青春一直贯通八达，分布全城，带来的意义就不同了。就像长江水一直流着，这城市不也就叫江城了吗？四面八方的年轻人一年年来，一年年走。樱花和湖水，小吃跟爱情，都在回忆里永不褪色。不少人留下来了，新鲜融入。这留下来的，跟待了四年的，他们就跟软化剂一样，软化了火爆刚烈。

看一座城市，看少看老。全天下的中年人都忙忙碌碌用各种面具修饰自己。少年们有未来，一切不定型，人与城市，相互影响作用着，往前继续走着。老人们看惯春花秋月，干脆原原本本做人，且保留着过去的言谈举止，原汁原味。

看武汉的少，再看武汉的老，你会发现这城市有一股子大趋势。你以为武汉总是那个全国人民嘴巴里说的样子吗？那可未必。日新月异地变，有一天你就发现怎么就不是那个传说中的城市。几十年上百年又算什么呢？就跟煲汤一样，到了工夫和火候，又有一番面目滋味。

唐朝李白写过江城五月落梅花，他站的地方，是江城的武昌。那个时候，一切都是古老缓慢的。晴川历历的汉阳树，也是诗意的。所谓的码头文化，只不过是近代两百多年开埠积累的，又怎么能够代表一个地方的千年气质？

不怕说句实话，新老更替，这城市也渐渐温柔了。

至于我呢？有年秋天，气候凉爽，心血来潮，大发慈悲，我买了十几斤鸭脖子，真空包装密封了，分发快递给各地的朋友。这些北京、广州等地方的友人收到这美味后，快活地大啃鸭脖子，想来，自然能领会这城市跟这城市的人，送出的默默温情。等他们念及提及，鸭脖、味美、友情、馈赠，这肯定在他们心田种下正面印象。

或者，这也算本地特色，我也学到了一份贴近人心的小市民精明？那我觉得，也是好事一件。

又寂寞又美好

只要你做过了一件事情，送了一件小小礼物，你也就在某个人的生命里，镌刻下一些痕迹。不管深浅，都是痕迹。彼此有了联系，意义由此而生。

有一位从来没谋面的外地朋友，我们因为阅读兴趣相投聊起来。我们互赠了对方生日礼物。我送出了一条围巾，收到了一双袜子。他没找到工作，而我苦闷的人生里，我们靠聊天打发了那些茫然的黑夜。

还有人我从来没发出礼物。我只是单方面收到礼物，关于他们有个统一的说法，粉丝。

原本他们是面孔模糊的，是因为读者与作者的关系，是“多对一”。我难以区分具体。可是，当一个人送出了礼物，也就被区分开了。

比如，有一个女孩子送了我一条手工刺绣的枕巾。这个女孩是苏州的，她说要让我见识一下她们闻名天下的苏州针织手艺。

还有一个读者，送来一朵金玫瑰。叶子上面是一层真正的黄金，并且还述说了一个奇特的故事，关于她和一个同学曲折的爱慕之情。一朵玫瑰附带一个故事，堪称独一无二。

对于这些礼物，默默接纳是我觉得最好的方式。

这些送礼物的人，大概没想到，礼物成为了标记记忆的重要定语。寄托在物品之上，收纳于脑海之中。

就这样，人与人之间，哪怕从来没见面，哪怕连名字都不知道，这些礼物潜伏在潜意识里，某天某事某时刻，还是会忽然被联想起来。

白居易就写过一句诗："雪月花时最忆君。"收到礼物一般附带的都是祝福，心情比较美好，我们在置身于美丽景物的时候，记忆就会被唤醒。

有一天路过花鸟市场，看着小盆子碧绿的仙人球，我便想起送我仙人球祝贺我搬新家的前同事。那一刻，心中一念，如月照池水。

只要你做过了一件事情，送了一件小小礼物，你也就在某个人的生命里，镌刻下一些痕迹。不管深浅，都是痕迹。彼此有了联系，意义由此而生。

何必再说什么人生到底是孤独寂寞的。在最广袤无边的时间荒野里，曾发生过这样微小而真实的交会，寂寞与美好始终并列而行。

毕业了的那些再也不能

那么多的无数故去与活着的文字，使我泪流满面。时间仿佛静止。那是我一生之中最美好的年月。

再也不能够加入几十个协会，幻想自己很快就能够琴棋书画、诗词歌赋样样精通，然后用各种招牌去忽悠学弟学妹们。

再也不能在图书馆泡个昏天黑地，猛然抬头时，那么多的无数故去与活着的文字，使我泪流满面。时间仿佛静止。那是我一生之中最美好的年月。

再也不能够站在自己大学的那些破烂的宿舍楼下，从下面望上面，大声喊着自己最心爱的人，一遍又一遍。喊得惊天动地，吸引来无数反馈，响起一片支持。

再也不能够和对面的女生楼望来望去，搞友谊寝室和长途爱情。

再也不能够穿越食堂时，从习惯的林间路上，看着那一张张面孔，安静地观察。在那些遍布学校的石头桌子上，看着黑而小小的蚂蚁们，在阳光的细缝下面爬来爬去，觉得读书真好。

再也不能够在所有人都午睡的时候，一个人在学校里游荡，寻找那些前辈留下的痕迹，寻找一所大学的前世和今生。常常能够发现它的新东西，比如它曾经还有游泳池。

再也不能够在外面的小饭馆，肆无忌惮地吆三喝四，将啤酒喝到瓶子粉碎。然后你被扛着或者你扛着别人，回你的小狗窝去。

再也不能够为一个年级的拔河比赛紧张。

再也没有人那样热忱地和你谈论文学、艺术、哲学，唾沫横飞天花乱坠。

再也不能够在课桌上，不分晚上早晨地睡觉。从来都不会睡眠不足，不会被生存压迫着加班加点。

再也不能够一天二十四小时地恋床十八个小时。

再也不能够辩论得眉飞色舞唾沫飞扬。四年已经过去，那些争论不休吵闹不停的话题终于都收进了旧书里，一起打包，卖给门卫老头儿，五毛钱一公斤，再去吃上一顿。

再也不能点着蜡烛看书到天明，幸福地叫着 60 分万岁。

再也不能够拿着奖学金，被宰和宰别人了。再也不能将附近的小吃吃遍了重新再来一遍。

再也不能够因为一场精彩的讲座而彻夜不眠，专家学者轮流评论，指点江山意气飞扬了。出了学校，没有人会听你那样猖狂地发言。其实你说的，原本就一般般，只有你的那所大学才能够宽容你的骄狂。出了门，谁还会瞧你？

再也不能够，在你约会完了后，在所有的节日狂欢后，到晚上 11 点钟门卫关门后，再甜蜜蜜地叫门卫大叔大爷阿姨奶奶给你开门了。

再也不能够和一帮子人通宵看电影上网，然后，顶着两个大大的熊猫眼，一个个倒头大睡，醒来后再海阔天空地胡侃。

再也不能够有那么多闲暇了。在宿舍里，几个人纠缠成一堆，热热闹闹疯疯癫癫的。各“色”笑话层出不穷，消遣乐悠悠。永远不会觉得寂寞，一包泡面一群人抢着吃。

再也不能够在你失恋时，有人始终陪着你，开解你，毫无怨言。

再也不能够一个人在异地的城市里，过那些美好的日子，身边有人陪伴，没有女朋友也可以拉个兄弟。到如今，只能是孤单单的背影后，是一个人的可怜。

再也不能够开烛光聚会。因为你即使有心，却已经召集不到那么多的人了。

再也不能够在考试的时候无比团结。因为你已经不是组织的人了。那个组织，有着伟大宽广的胸怀，有兄弟姐妹们罩着你，你能感受到组织的无比温暖。

再也不能够畅所欲言地鄙视自己学校的伙食等等诸多的落后了。再也不能在没有饭吃的时候去蹭兄弟的饭卡。以后你只能够自己三餐不继餐风吸露。

再也不能够在没有课程，天气晴朗的日子，比赛洗衣服晒被子和顺便晒晒自个儿，在听着电台里的 DJ 怀旧的同时，嚼着包子。

再也不能够抱着专业书，戴着校徽伪装清纯，到其他学校去搞社团交流了。再也不能想象着在图书馆与美丽的妹妹认识。

再也不能有人，在你半夜醉酒吐得一塌糊涂时，给你收拾，递你一杯温暖的开水。在你病得厉害的时候，三更半夜送你去医院。

再也不用害怕点名了，永远不会再有人那样叫你的名字，带着阶级仇恨和爱意。

再也不能重来一次，毕业了，对多数人，就那么一次，真正彻底地结束了做学生了。

再也不能够含着眼泪大笑，挥着手，一个一个地送别了。

而只能够在这里，坐着，闭着眼睛回味，然后写下怀念。

做个有趣的人

在这个世界上，做个有趣的人，你会变得很可爱。不管是对自己，还是对于别人来说，跟有趣的人在一起，相处或做事，都会变得自然顺利，以及快乐。

有一次我去旅行，一个比我年轻的朋友请我吃饭。早年间我编发过他写的文章，算是半师之谊。但因为我们一直都是在网络上交流，没见过现场真人，在饭桌上见面，其实一下子找不到什么话说。他这个人看起来也挺端正，本来稍微有冷场征兆之时，他忽然盯了一眼我的手。他说，嘿，你手相很棒啊！

我的手相很棒？好在哪里呢？我顿时来了兴致，伸出自己的手端详。

来来，我给你仔细看看，他边说边抓住我的手，指着掌纹条分缕析。看这条靠近大拇指的事业线，未来会更加精彩啊，看那条很长的生命线，不过呢你的感情线一波三折。还有事业也需要更努力点，不然该有的高度会达不到多可惜。

我心花怒放地向他询问，简直像个好奇宝宝，他则热火朝天地讲解。这顿饭吃得相当开心。

那么过后你问我，你真的相信手相啊？我会跟你说，我相信手相就跟我相信星座一样，都是浮云。但是，却是有趣的浮云。也就是说，我的教育背景、我的认识论、我的理性，都告诉我星座手相什么的，应该归类在娱乐和心理暗示里。

我喜欢这朋友，他很有趣。这世界很需要他这种人。他令我印象深刻，深刻到什么地步呢。后来我想要认识结交某个可爱的人，本来不知对方喜好，我也挺不想显得严肃老气。我几乎下意识地说，喂，你的手相不错呀！对方顿时就来了兴趣，问我是吗，是吗？开始热络地探讨起来。

后来我活学活用了这一招，效果很不错。

这么一来，我觉得有必要认真梳理这个人生的常见经验。我大学有个同学叫杨川，这家伙很好笑，每次回宿舍，人没到，声音就在走廊那儿回荡了。他会模仿《蜡笔小新》里的小新腔调，大声嚷嚷着，你回来啦！其他同学就忍不住模仿小新的老妈纠正他，应该说我回来了。这同学顺道再模仿小新扭屁股，大家就乐翻了，一致鉴定这位同学是一位活宝。

活宝，就是活的宝贝，逗人喜爱，是褒义词。

这同学人际关系因此特不错。班上女同学对他很有好感说他是阳光男孩，男生们一反常态也不嫉妒排斥他，很爱跟他玩。每每他有事求助于我，我都很乐于出手。以至于十二年后的同学聚会，他没来参加，还有同学惦记着他。

最近还读到一些鲁迅先生的掌故，通常被误解为愤慨毒辣的鲁迅，平时其实很爱讲“戏话”，也就是调侃开玩笑。

画家陈丹青在文章里转述了一个小细节：鲁迅送书给刚结婚的川岛，赠言是这么写的：我亲爱的一撮毛哥哥呀，请你从爱人的怀抱中汇出一只手来，接受这枯燥乏味的《中国文学史略》。

这语气这口吻，收到鲁迅书的朋友估计一看就乐了。鲁迅也是个好玩有魅力的人，生活中善于制造趣味，因此他的很多朋友都怀念他的诙谐戏谑、精彩有趣。

其实很多人平时放松状态下很可爱，时不时还能逗乐自己和大家，但一旦严肃紧张起来，就结巴哆嗦，很有过度自恋的嫌疑。太在乎别人眼里的自己，反而不能放松，变得无趣，乃至拧巴。

在这个世界上，做个有趣的人，诙谐好玩的人，你会变得很可爱。不管是对自己，还是对于别人来说，跟有趣的人在一起，相处或做事，都会变得自然顺利，以及快乐。套用一句电脑技术的老话，有趣之人，界面都很友好，人见人爱车见车载。

如果再升华升华，深挖掘一下，追求有趣好玩，也是追求文明和智慧的一部分。好玩诙谐远胜砍砍杀杀大打出手。在文明社会的均衡尺度下，多数人都可以快乐一点成长，轻松一点生活，由内而外表现得活泼有趣。

圣诞忆旧记

孤单从来不是可以克服的事物。它诞生了，发酵了，蔓延了，覆盖了，像大树的阴影覆盖了树下倚靠的人。没有人阻拦你离开，但你自己停留其中。

我记得2000年的圣诞节，宿舍空荡荡，我一个人难以忍受孤寂，跑出学校，在外面游荡。卖帽子的，卖玫瑰的，卖手套的，卖围巾的，络绎不绝生意绝佳。我在一家玫瑰店无聊地看了片刻，店主催促我快买几枝送人。你猜我买了还是没买呢？

没有人教你该怎么面对孤单。

尤其是，在你目睹世界上有那么多人不是孤单的场景。那些街头拥吻的人，那些握紧电话仿佛永远不舍得放下的人，那些站在商店犹豫买什么礼物送人的人，他们是不孤单的。

而你，你呢？

每到特定的节假日，就令你不自在。譬如12月的圣诞节，充满无限光彩，喧嚣无比年年如此，别人你侬我侬，你则羡慕嫉妒恨。也许你爱过，但此刻孤单。也许你从来没爱过，此刻依然孤单。

没有人教你，也没人能教你，因为孤单从来不是可以克服的事物。它诞生了，发酵了，蔓延了，覆盖了，像大树的阴影覆盖了树下倚靠的人。没有人阻拦你离开，但你自己停留其中。

在2010年忆旧，回忆起2000年的圣诞节，我忽然默默地微笑了。

那年我买了一枝玫瑰。

也许所有的节日，都是最好的节日，也是最坏的节日。因为在月亮下面，有人相聚，就一定有人没相聚。时光凝聚又散开，我们相逢又遗忘。

那年我买的玫瑰，没有送人，带回宿舍，枯了，丢了。太可惜了。我很想沿路随机送出去，但我始终没勇气这样做。十年之后的我，会嬉皮笑脸送出去，即便不会成功寻觅到一个恋人。

喂，你明白了吗？

孤单没有变，孤单也没有被克服，可是人变了，变得柔软了。在孤单和不孤单之间，不是那么绝对对立、无立足之地。孤单在，就让它在。还是会寻找，还是会等待，就当孤单是一只小宠物，摸摸脑袋，由着它作陪，和平共处。

你如此需要慰藉

我们经历磨难，是为了更好地安慰他人。

假设一下，你要和一个亲人聊天，不幸的是，对方是聋哑人，习惯比画手语，从小没法上学，靠自学才能书写歪歪斜斜的汉字，且语法常常混乱，充满错别字。这个亲人找你有事要聊，你又看不明白他的手语和文字，一头雾水。对方一急，手势比画得更快，几乎要把桌子拍烂了，你也只能眼花缭乱，无可奈何，怎么办呢?

我说的亲人，其实是我二叔。小时候使用抗生素不当，他失去听力，也就失去了说话的能力，只能发出吱吱呀呀的无意义音节。为此他无法上学，找工作困难，后来很不容易学会做菜，当了小饭馆的厨子。

年轻的时候，我常常躲着他，偏偏他很喜欢找我聊天，因为我是家里第一个大学生，在他看来是有学问的人。

每每和他聊不下去，他便焦躁，我赶紧在纸上写“有事”，逃之夭夭。有一次回家，他又找上我，这让我很苦恼，不是我不愿意听，实在是沟通无能。

后来我母亲告诉我，他有口难言，别人又听不懂他的意思，经历本来就很坎坷，比常人自然容易激动容易焦急。我说："那怎么办才好？"

我母亲就笑道："你就让你二叔说啊，他说什么你就听着呗，听不懂也没关系。多冲他笑，多点头就行了。"

我试了试，果然奏效。二叔冷静下来，我看着他拿铅笔在本子上写字词，结合他的比画，连蒙带猜，搞懂七成。原来，他是要我帮忙打听残疾人提前办理社保的事，我在网上查清楚了，转告给他。

今年我的牙齿终于疼到痛不欲生、昼夜不安的地步，跑去医院弄牙齿，要补。补之前先清理龋齿，把烂掉的部分钻空，牵扯到神经，钢钻头磨着牙齿和痛感神经的时候，那叫一个腾云驾雾。然后牙医往里面塞东西，过了十天后，正式补牙。当时我看着旁边器械材料包装盒，好奇发问："咦，之前用了氧化锌，现在还要用吗？"

牙医发笑："你怎么知道？"我说："我认识那个化学元素，搜索过，主要成分是氧化锌，有收敛镇痛保护之功效。"

那个温柔的女牙医一边调整灯光照着我的嘴巴，一边说："对啊，之前是观察期，还是要用它安抚你的神经，再铺一层固化材料，你的牙才能继续好好用着。"

几天后，我的牙齿带着氧化锌，渐渐恢复了平静，这也令我又想起了二叔。

柴静采访电影《桃姐》主角写过一句手记：我们经历磨难，是为了更好地安慰他人。

其实她说的还不完整，少了另一份用处。我会接下去说，我们学会安慰，是为了更好地度过繁难，在慰藉中心平气和，解决问题，好好相处。

懂得安抚，在我们生命中特别重要。我们都需要慰藉，很需要。

风中的飞鸟

生存之上，生活之下，那些隐蔽的梦，发自最本原的意识，总在最日常的细节里显现。

我喜欢观察鸟。

我见过燕子在家里做窝。它们扑腾扑腾很忙碌，杂草和泥巴，渐渐在电灯的尾端，累积成为一个巢。按照古老的习惯，没有人去干扰它们，随它们做窝，孵蛋，繁衍，然后大燕子和小燕子一起飞出去，飞回来。

我见过老鹰。那次是一群驴友，包车去往山里，我们去山里看秋天的枫叶。秋末，天空高远澄澈，黑色的老鹰盘旋空中，高高在上的眼睛，俯瞰着地面。它们自生自灭，它们觅食，它们死掉。我挺好奇，它们躲在哪里睡觉呢？人类搞不懂的事情也太多了。

然后我上网查，它们站在树上或高处的岩石上或者窝边，收好翅膀，眯着眼睛，打会盹儿就好了。鹰巢都建得很高，想必也是出于进化而来的安全防范意识。

我也有空看看大雁南飞，成群结队的，貌似一点也不孤单的样子，挺让人羡慕的。人类羡慕飞鸟的历史悠久，对这个世界认知稀少的年纪，看着飞鸟，我也以为它们是偶像，风中的偶像。可长大后，明显知道了它们不是。生物有生物的法则。觅食、天敌、生存交配，片刻惬意，艰苦生存，以及无法生存，很容易就再也无法飞翔了。

说起这些鸟儿，有一天，我的母亲跟我讲：昨晚她做了一个梦，梦见自己变成了一只鸟，站在瓜的藤子叶子上，脚一蹬，扑哧就飞走了，自由自在的。

我的在世界上已经活了半个多世纪的母亲，讲这个梦的时候，还模拟了动作，双脚弯曲，向上一跳，她胖乎乎的身躯奋力蹦起一点。叙述梦境的她，双眼发亮，仿佛接受了某种神启，某种暗示，某种领悟，某种默契。

恰好我对心理学有点研究，这个梦太适合分析琢磨了。

她的生活就是最典型的中国式的老妈，幼年在乡村劳作，后来进入工厂上班，再后来做了出纳会计。在家务和上班之外，照料儿子我，以及我的老爸。

但是，她的梦分明在跟我透露着，曾经在没有我，没有和我的老爸结婚前，她还是个乡村年轻女孩的时候，在田地里，在我们故乡辽阔的江汉平原，某一天，她凝望了一只鸟雀顿足而飞。就那么一下子，冲天而去，去往天际线。不然她变不出那个梦境的素材。

看着复述梦境的老妈，我的心，就那么沉重跳动着，仿佛呼应着久远的声音：我在飞，在风里飞着，自由自在呀！我没有打断她，听着她说完。然后，她整理一下衣服，骑上自行车，出门去做事了。之后，她浑然忘却有这回事情，再也没提过。

一想起世界上，千万种动物，以它们自身的方式存在和消失，我的心，就安定下来。风中的偶像一个一个都会凋零，但风却永远不停歇。一想起，无数的人目睹鸟类的同时、心头涌起的渴望，我就仿佛凛然听到，这个地球上，那些曾经向往天空，向往风中飞行的内心的微弱鸣叫。

生存之上，生活之下，那些隐蔽的梦，发自最本原的意识，总在最日常的细节里显现。

就像我的无限勤劳、不敢懈怠、近乎奉献所有时光的老妈，也有某一刻，她不属于我，不属于我爸，不属于洗衣做饭，不属于家长里短，不属于含辛茹苦，不属于持家理财，不属于世界上的任何人，只属于她自己。

那一刻，她是一只普通的飞鸟，站在田野绿绿的瓜藤叶子上，双足一蹬，飞了起来，天空向她迎接过来，她在风中，忘却一切人世间的劳碌。

这是真正的活着。

哪怕只在短暂几个小时里，夜深忽然梦到。

星期二之约

超出界限的关系，看似亲密，实则带来无穷麻烦。你能够随随便便侵占他人时间，他人必然也会强迫你去做点什么。看似占了便宜，实则浪费生命。

准备跟一个老朋友打电话叙旧一下。微信上询问他，然后我被告知，他会安排下周二的日程跟我聊天。我当时，满心不乐意。

不过这做法，也的确是对的。换成是在从前，我可能会非常不爽。以前不是天天给我打电话吗？现在摆什么谱？

但是现在的我，特别能够理解这一点。一个人的时间精力是有限的。如果真正爱惜自己的时间生命，一定会很认真安排使用它。

中国人，尤其是生活在发达的大城市，并且更加富裕的人，对时间价值有更加清晰的态度。我们得逐渐开始适应预约时间谈事，这是一种未来会更加普及的社交礼仪。

时间大概是世界上最公平的东西。他公平在，每个人在时间面前是平等的。你的一天有 24 个小时，他的一天同样也是 24 个小时。

如果有足够的钱，你是可以购买他人的时间的。这也是一种公平，公平的交换。

提前约定时间也是一种礼仪。世界不是围绕着你一个人转，每个人的作息规律，工作时间都不一样。

比如有时候，别人来找我请教问题。虽然那是在大白天，但我可能刚刚好写完了一篇文章，耗尽了当天的元气，午睡了。

还有一种说法是，这样的朋友关系不铁。

因为我对心理学还是挺了解的，所以我觉得，正常健康的朋友关系本来就应该是散淡的，趣味相投，时机吻合，能一起聊天，但是保持界限，有一定距离的。

除非是强烈的利益绑定，或者强烈的情感依赖，两个人才会关系非常铁。但那就不是朋友了，而是商业伙伴，或者家人。

超出界限的关系，看似亲密，实则带来无穷麻烦。你能够随随便便侵占他人时间，他人必然也会强迫你去做点什么。看似占了便宜，实则浪费生命。还不如宠物陪伴你的亲密程度，更加有质量。

不尊重自己的时间，不尊重他人的时间，也就是不尊重生命。

千万别太绕

如果你想去做好一件事情，就别绕弯子，直接去做好它。开门见山，是最大的美德。

星期六我在家休息，打开电视，刚好转到央视的财经频道。当时放的是一个探讨企业推广的经济节目，七八个不同行业公司的老总，一起集思广益出主意。

那天的主题是，做小户型空间设计的公司老总，想要推广自己的产品——创意收纳小户型。

就是我们平时在网上看得到的，墙上一块木板拉下来，嘿，变成一张桌子。旁边的一块板子放下来，出现了一张床。

好玩的是，他很想做低成本营销。于是他决定拍一个微电影来宣传自己的这种产品创意。

他提出的问题是，怎么达到良好的效果，让微电影抵达受众群体，让大家选择他的公司产品设计。

别的嘉宾说了很多意见，我觉得都说的挺好，但总觉得还差了点什么。唯独有一个嘉宾表示质疑。

这个嘉宾说，你看，你主要推销的是自己的装修产品。那你现在为了达到推广装修产品的效果，先去弄了一个微电影。结果把问题变成了怎么推广微电影影响大众的选择，你这不是绕弯子吗？

作为电视机前的观众，我当时就忍不住笑了。

那个嘉宾看问题看得太准了。明明就该直接去营销空间收纳设计，却绕到了去营销一部微电影。微电影拍的怎么样，能不能拍好，还是个未知数。

很多人做事情都有这么一个思维习惯。他想做成A事情，觉得要通过B来实现，就去做B事情，但是把B事情做好，又需要C资源。他就去琢磨着怎么倒腾C。

绕着绕着，路远山高，A事情就被搁置了，不仅没搞好，时间金钱都花了。

我身边有个男生朋友小卫，很喜欢公司的前台女孩，他就去讨好女孩身边的闺蜜，去打探女孩喜欢什么吃的，喜欢看什么电影听什么歌，又去找女孩闺蜜转达礼物。

没多久，女孩就被隔壁公司的男生追走了。别人双双对对的时候，小卫还在抱怨女孩的闺蜜给的情报不准。

其实直接去追求，去告白，也是一半成功一半失败的几率。失败了，也可以再去喜欢别人，不必空耗青春和生命。像小卫这种在外围打转的人，活该一直单身。

做事养成绕弯子的坏毛病，只会越绕越远，麻烦无穷。其实绕与不绕，归根结底，是思维境界的差别。

如果你想去做好一件事情，就别绕弯子，直接去做好它。开门见山，是最大的美德。

第八章

故乡是我唯一的行李

年少时灵魂柔软，尚未固定，一个背包天南地北独自跋涉，从不眷念。

可是长大后呢？尔后，将在世上飘零，直到落脚。

我的灵魂在哪里定型，哪里就是我的故乡。

百万种颜色

如果说故事是生活的意识，那色彩就是生活的潜意识。每种色彩的解析过程，往往直接抵达我们的内心隐蔽。

你知道这世界上有多少种颜色吗？

很多年前，那个时候我在杂志社工作，跟坐在我旁边的美编小姐特别聊得来。她是一个性格挺好、谈起专业来一板一眼的职业女性，而且思维方式特别理工男。

有一天我坐飞机，在座位网兜里翻出一本读物，碰巧读到一篇文章，现在不大记得作者的名字，但是对那文章的内容印象深刻。那位作者干过广告业，于是讽刺了一把现代文明广告宣传的弊病：比如许多广告文案在描绘色调的时候，非要说什么海洋蓝、天空蓝不可，蓝不就是蓝嘛，矫情啊！还有些楼盘广告动不动就沙漠黄、森林绿之类，企图虚构人间仙境。

当时我特别心有戚戚焉，那些个广告文案夸大其词，不就是想对消费者或者顾客搞心理暗示吗？我的黄不是一般的黄，是大地的黄，我的蓝也不是一般的蓝，是沉静的海洋，是希腊爱琴海，是诗人的海，是神话的海。

这种非常具体化的色彩分类，过度的文学修饰，根本就是现代社会的盲目虚荣的时髦病，完全应该定性为矫揉造作。

很快，我的无知和那个随笔作者的粗俗傲慢，被打脸了。因为没几天，我隔壁的美术编辑拿着她的色标比对杂志封面的颜色，并且说下午要去印刷厂监印。看着她那本花花绿绿的色标册子，出于好奇，我忍不住问了她一个问题，世界上到底有多少种颜色？

美编小姐回答说，基本当然是三原色，光学里面是红黄蓝。黑色则是颜色的集合，灰色呢，其实是不同程度的黑色。

我说这我知道，中学物理就学过。那具体颜色呢？

美编很认真解释一番，世界上的具体颜色那可就太多了，色标只是常用一两百种标准色，如果依照不同的比重做细微区分，几百万种颜色都有。比如鸡蛋壳色，就是黄色的具体一种，牛皮纸袋子的黄，又是一种。色彩学里，确实常常用具体物质在这个世界的表现颜色来标签区分的。

嗯，当时，她大致就是这样解释的。而我，只有傻眼了，这才意识到，世界是丰富多彩的，这句很普通的话是正确的。

过了几年后，我在一个比较喜欢的小众日本服装品牌的网站上，忽然看见，他们在中国开始销售500色铅笔了。并且，每种颜色都有对应的名字。

500种颜色的铅笔，光是看图就令我惊叹了。日本公司在审美文化上，真的做到了这种地步。

请容许我摘抄一部分的名字吧。我只是顺着这些铅笔的名字念起来，就有了朗诵诗的感觉：

日本海的渔火、杨贵妃的梨花白、彗星的传说、故宫的夜、天女的羽衣、八十八夜的茶摘、朝露打湿的牧场、京都的屋根瓦、长谷寺的牡丹、鹿鸣馆的舞踏会……

从植物到神话，从夜色到采茶，从牧场到舞会，所有能够想象到的，生命中那些无限美好的事物，每一样都凝聚了颜色之意象。

如果说故事是生活的意识，那色彩就是生活的潜意识。每种色彩的解析过程，往往直接抵达我们的内心隐蔽。

事实上，色彩比气味更早地抵达我们脑海。第一眼看见这个世界，色彩也沉淀在每一种出现事物上。甚至色彩本身就是情感。紫色的悲哀，红色的炫耀与毁灭，黄色的温暖与刺目，运用之道，存于心。不懂色彩，生活就少了一半的乐趣。

重要的不再只是铅笔色，而是最隐蔽的人类情感逻辑。每个人都可以给自己人生履历中的色彩定义命名，那是我们回溯人生的一种记忆归类法。

少年时代抬头望见太阳的金色、母亲炒菜的翠绿、老家屋子台阶的瓷砖淡青色、毕业照的灰黄、恋人初赠的球鞋白、情书笔迹墨水的黑蓝、旅行中黄昏时的海……顺着这样的联想，我忽然在寂静的夜里，被奇妙的忧伤贯穿，很多过往岁月和事物，在怀念中，令我涌起欢喜自足。

一年一度的顶礼

人只有接纳了一切苦痛，才会涌现哀伤。正如弗洛伊德说，哀伤是对逝去的纪念。

人必哀伤，而后平静。

艰难遭遇是我们这些平凡人多多少少都会遇到的。童年不幸、少年坎坷、青年困苦、中年危机……我有时候也会想，那么那些人类历史上闪闪发光的大师呢?

有一次我淘了本旧书，三联版精装印刷的罗曼·罗兰的作品《米开朗琪罗传》，丢在书柜里一直忘记翻，文学大师写艺术大师，想必难读。后来翻开此书，哑然失笑。

罗曼·罗兰没有按照人物传记常见的叙事线索来写米开朗琪罗的经历，而去摘录大段大段生活“私人细节”的书信，选材之精准，活像一档讲述版的电视秀。米开朗琪罗的一生为情爱苦闷，尤其是为美貌的年轻人。

因为他身材矮小，相貌丑陋，那些拥有美色的人儿在他心里才是偶像，他只能匍匐在地上去仰望那些爱慕对象。再加上自身情欲的罪恶感，使他脾气暴躁又苦恼自卑，自虐又自恋。

这种心态，太像张爱玲写过的那句“低到尘埃里”。

除了爱情，他在工作上也备受挫折，身心受创。他跟美第奇大主教有协议建造教堂，这是一个比较大的项目，约定的酬劳丰厚。但因为建造工人们的欺骗，石头断裂了几根。于是教皇和大主教都不耐烦了，取消了跟他的契约。

因此米开朗琪罗只能忍泪控诉：“不计算费掉的三年光阴，不计算我为了作品破产，不计算人家对我的侮辱，一下子委任我做，一下子又不要我做……”

这种遭遇在现代照样上演，当初是你说要改，改了你又不满意，只好继续再去改，结果你却换了人，多少搞设计的工作者就这么被客户折磨到崩溃。

诸事不顺，米开朗琪罗的父亲也不让他安心。他父亲年纪越大脾气越坏，某一天干脆从佛罗伦萨的家里逃走了，对外宣称是儿子赶走他的。

米开朗琪罗背负着不孝指责，满腹委屈。

整本书读完，全是实打实的俗世烦忧：爱欲纠葛、事业打击、职业病磨损健康。

米开朗琪罗总在绝望，不想活了，没法活了，总在抱怨世界：“我的忧患是多么多，比艺术使我操心得更厉害！”不过对着石头时，他注意力转移，痛苦暂时缓解，又鼓舞起斗志继续工作。

罗曼·罗兰在后记里自问自答：“我是否应当只显露英雄的英雄成分？不。”因为他写这本传记的初衷是：“并不是普通人都可以在高峰生存，但是可以一年一度上去顶礼，从中可以获得日常战斗的勇气。”

这段话换成通俗的理解也就是：大师活得如此之惨都仍然在努力工作，你是不是也该鼓舞起斗志？别被生活彻底打败。

人生，不应该用来比惨。不管是普通人，还是大师。

世间超过米开朗琪罗经历的苦难，俯拾皆是，大多数人并未进行杰出创造。长夜中自有最耀眼的闪电，但长夜并不为闪电而生。

米开朗琪罗一生祈求身心宁静而不得，有生之年大部分的作品，都充满了肌肉力量、愤怒，或者体现创造万物之灵的肃穆宏大之美。但晚年最后的三幅基督主题的雕刻，极为哀伤。

他在晚年的诗中写道："我以往那空洞而快乐的艺术之爱将如何？ / 当肉体及灵魂的双死渐进……无论绘画或雕塑皆不再能让我灵魂安宁 / 期盼着十字架的神圣之爱 / 以牠张开的双臂拥我入怀。"

我很愿意每年重读一次，来进行一年一度的顶礼，不过我从中获得的并不仅仅是勇气。

基督必然受难，生命必然痛苦。度过内心漫长的反抗争辩，这个中世纪杰出的雕塑家和画家，终于进入了哀伤。人只有接纳了一切苦痛，才会涌现哀伤。正如弗洛伊德说，哀伤是对逝去的纪念。

人必哀伤，而后平静。

喊魂

你活着，我便不害怕死亡。你死去，我便再也不能假装死亡之遥远。

你说你很痒，痒得整个人都不好了。

你叹气，把手臂伸出来给我看，皮肤上有一些红色的色斑。你说简直就像很多只蚂蚁在上面爬，让你特别焦躁。

我说是不是太干了，跟空气有关，也跟气候季节有关吧！

我去见你的时候，初春的光线相当猛烈，晒得人浑身发热。离开阳光躲到阴影当中，很快又冷得让人哆嗦。刚好我随身携带擦皮肤的药膏。我跟你说："里面有甘油成分，可以滋润。"

你说你已经问过了："是毛细血管不行了，过两天就消失了，再过两天又复发。"

我忍不住笑了，我把药膏挤出来，在你手腕上的皮肤揉搓。

在你絮絮叨叨的时候，我走神了。

你有一串钥匙，长年累月挂在裤腰带上面。在我很小的时候，你是一家单位的主任。你那一串钥匙里面，有一把可以打开顶楼会议室的大门。

整个单位是5层高的办公楼，楼前长了几十年的椴树，与办公楼一般高，枝枝叶叶都伸到了栏杆里面。会议室里面有一台很大的彩色遥控电视机。20世纪80年代，那是个稀罕的宝贝东西。当时在播放《西游记》，我迷得不行了，每天晚上准时拉着你打开会议室的门。石头里面蹦出一只猴子，后来又遇到一头猪，发生了一些奇奇怪怪的故事。有时候开会开到很晚，你下班以后在洗澡，我已经等不及了，直接拿到你的钥匙，一个人去看电视。

看着看着，你也来了。我们就一起看电视。你说话声音特别洪亮，比其他人要高出很多，距离你半米以内，几乎可以感觉到你胸腔的颤动共鸣。直到这个春天，再次见到你，声音变小了。你也不怎么敢吹风，怕感冒。

听着你这种洪亮的声音，差不多也有30年了。

你的性格很固执。隔壁家的女儿要过10岁生日，买了生日蛋糕，摆了一桌酒席，邀请我去参加。你说，不许去。

那女孩和我常常在一起玩耍，又是邻居，又有那么多好吃的，你为什么不让我去？我特别纳闷。你说不许去，那女孩就拉着我的胳膊，去嘛，去嘛。

很多年后，我隐隐约约才明白过来。那女孩的父亲，是单位的副主任。你看不惯他的行为，他私下里会收职工的礼物。你的界线划得特别清楚，连小孩子在一起玩，都不答应。

当时我很生气，那女孩也说你好固执。

多年后我陪你去广州军区武汉总医院活体检查，从体内取出组织细胞，才能明确诊断。出院的时候，护士长走过来，让你写一下留言本。你用很大的声音说：“我孙子是作家，让他写，还能发表出来呢！他还上电视，上新闻。”

我突然觉得特别尴尬，在脑海里搜索了半天，生拼硬凑了几段话写在留言本上。你说：“再见。”护士长说：“我们还是别再见啦，您健健康康别来医院了。”你说：“不行不行，有病还是要来治，我是唯物主义者。”

护士长笑嘻嘻的：“您一直说话嗓门这么大，身体素质好，不会有事的。”

你很高兴，很有信心。

我理解你的虚荣和炫耀，你渴望下一次再来医院治疗复查，你会被更加善待。如果我的作家这个身份，真的有那么一点用处。

你得的是癌症，住院部的其他病友都是唉声叹气满面愁容的。你居然笑哈哈的，在其他病房串门子。隔壁 907 病房住着一个武汉大学退休老教授，跟你一样等到了确诊的结果，得的是同一种癌。老教授颤颤巍巍满头白发，身躯佝偻，穿着病号服在休息区闲坐发呆。你主动跟那个老教授攀谈起来：“您多大年纪了？”

“七十一了。您呢？”

你把胸膛一挺，腰杆拉直，“我大你 10 岁。”

你说你多年前拜会老同事，就住在那所大学的附近。现在都变样了。

那老教授慢慢悠悠的，有气无力地说：“是啊是啊！”

你说，“要有信心。这个癌是有特效药的。”听着你的话，那个老教授似乎也精神了一点。你们两个老头儿相互打气。你原本想做手术的，但医生说：“过了 80 岁年纪，怕下不了手术台，还是保守治疗吧！不过这药的副作用不小。”

你说：“虽然说晚期了，但我自己感觉身体还行，没有什么影响，我坚持打针坚持吃药。”

我真的挺佩服你。整个9楼病区，就你声音最大，精神状态一如既往，该吃饭吃饭，该睡觉睡觉。你的食量一点也没有减少，照旧两碗饭，三个菜。

你要用的药是进口的特效抗癌药，哪怕是这种军区大型医院，也没有多少储备，采购需要等一段时间。我在网上看到有人出售家里亲人没用完的药，于是顶着40摄氏度高温，等着卖药的人送过来。

这中间你一连打了3个电话，问我有没有拿到药。

我之后告诉你，药买到了。你松了一口气，我也松了一口气。

医生告诉你，至少3年到5年，如果情况更好，5年到8年都不成问题。

医生也没有骗你，不管是人道主义角度，还是心理安慰，都会把时间说得长一点。

你做好了持久战准备，你完全不相信自己的身体会那么快衰败。药物副作用很大，你还是要坚持治疗。去做复查的时候，体内已经找不到癌细胞。但你的肺被药物损害，咯血了。

你昏昏沉沉，辨识不出最亲的人。

我喊你，你只是看我一眼，已经认不出来我是谁。

你清醒的时候，还想着生日，想吃饭，想坐起来走两圈，想晒太阳。我格外惊讶，直到最后的三天，你已经无法说话，我摸着你的后背，骨瘦如柴，你仍然挥舞胳膊，运气使劲，想要自己坐起来。

你还想活下去，对抗生命规律。你的意志力之顽强，我和守着的亲友极为震撼。

今年是你84岁的生日。我们给你买了蛋糕，但你已经无法吞咽。你的眼神灰蒙晦暗，我父亲和二叔三叔勉强把你抬到了桌前坐着。我们对你说：“生日快乐！”

你恍若无闻。你真的已经听不到了吗？据说人在大限将至之前，各种感官感知逐一失去，只有听力一直维持到最后一刻。

第二天的傍晚你走了。倒春寒落雨寒入骨髓，半夜飘起大雪。

你的名字里有一个鹤字，鹤有吉祥高寿的意思。人离世有太多婉转的说法，民间叫驾鹤西游，佛门叫涅槃寂灭，道家叫返真羽化。

最朴素最本质的说法，其实就是逝世。

叶落归根，你不肯在城市离开，要在乡下老屋撑到最后。按照乡下风俗流程仪式办理身后事。

你的墓碑刻好，运到，凝视碑文，我才发现，那上面是我的另外一个名字。

那个名字不是我身份证户口本上的名字，当然，也不可能是我日常使用的各种笔名。那是我在族谱上的名字，家科。我排行“家”字辈。

我这才想起来，你曾经希望我成为一个科学家。

我的名字是你取的。

你没有留下财产给我。你最后的一笔钱，留给了堂妹，你的丧葬费和养老金交给了三叔。

但你必然留下记忆，留下整个家庭的往事脉络，留下一代人的时代痕迹，甚至还包括你可能遗传下来的疾病。

桑塔格说疾病具有被当作隐喻使用的最广泛的可能性。

弗洛伊德一生中最后一次引用的诗句，来自歌德写的《浮士德》第一场：“把你祖先遗传给你的东西都接受下来，妥善利用变成你自己的，才能安享。”

我在初春见你最后一面时，你还跟我解释，当年你不是不想解决我父亲的商品粮问题，是因为阴差阳错中间错漏，后来补不上去了。

好在我父亲依靠自己的辛苦，评选上省局里的优秀粮管员，转了商品粮户口。你也不是不想解决大姑妈的工作问题，是因为她的年纪超龄，不合规定，无法安排指标了。你希望大姑妈不要恨你。

商品粮已经是一个遥远的历史词汇，新生代们完全不知道是个什么概念。

当年的你，是个好党员，一心扑在工作上，二叔生病都没回家。奶奶什么都不懂，只知道带去医院打针。二叔高烧不退，链霉素副作用导致他失去听力，变成了聋哑人。二叔是恨你的。

你说你要补偿堂妹，也就是二叔的女儿。但你一个劲儿补偿孙女，供她读书，忽略了孙子。在我念到大二时，父亲做生意亏了，我母亲找你借钱凑学费，你谎称没钱。你总是没法兼顾公平。

老了，你后悔选错了行业。和你一起参加工作的老人家，进了教育、文化、财税等等单位，退休后拿的养老金是你的两倍，而且愈发红红火火。只有粮食部门，1998 年国家要减轻负担，实施体制改革。你从事相关工作的子女，统统失去了昔日的身份荣耀，从国家职工成为要甩掉的社会包袱，接受分流下岗的残酷现实。大时代的小家庭命运，从祖父的选择开始，河流就依稀定好了走向。

当你走了，一切烟消云散。你穿着寿衣，躺在新式样的环保棺材盒子里。姑父在旁边签字登记，我目送你进了那道门。门后是电气焚化炉，使你的肉身化为尘埃。你活着，我便不害怕死亡。你死去，我便再也不能假装死亡之遥远。

庄子说，“人生天地之间，若白驹之过隙，忽然而已。生物哀之，人类悲之。纷乎宛乎，魂魄将往，乃身从之。乃大归乎！”

进去是一道门，出来是一个小小的窗口。

我是你的长孙，带着你的相框等待着。长辈亲属们叮嘱我，千万不要忘记喊魂。那天殡仪馆里人不少，都在等候领取亲人骨灰。春光明媚之极，草木得到大地阳气而复苏，树木葱茏深绿，天空澄澈，很多鸟飞来飞去不断鸣叫。这个地理位置，远远地能看到城区高楼，还能看到大片大片的平原田地，遍地金色油菜花。

你的骨灰装在一个宫殿形状的瓷器中被送出来。

在我们当地，把爷爷称呼为爹爹。我深呼吸一口气，连喊三声：爹爹，我们回家啦。爹爹，我们回家啦！

爹爹，我们回家啦！

你和已经去世的奶奶并排安葬在老家的屋子后面。再见了，我的祖父。以后，我们梦中见。

故乡是我唯一的行李

我的灵魂在哪里定型，哪里就是我的故乡。

在鼓浪屿这个小岛还没有限制进入游客人数的时候，我在岛上和一个当地人闲聊，姑且称他为大角吧。大角皱着眉抱怨，谁喜欢自己家里每天被人拍来拍去？中国人有那么喜欢喝咖啡吗？喝多了会心悸！

我明白他的意思，做生意的外地人越来越多，房子基本上都变成了旅店和酒馆。为了迎合小青年，基本上都追求一种格调。

大角还抱怨，那些从小到大打招呼的邻居和同学，也陆续搬离了。养猫的越发多了，从早叫到晚不得安宁。什么招牌奶茶，什么本地小吃正宗菜啊！你们这些游客难道看不出就是骗你们的？

其实看得出，可是这又有什么关系呢？改变虽然有好有坏，但谁也没法阻止。我千里迢迢跑到这里来，转了大街小巷，还是玩得挺开心的。

很多屋子在翻新装修，为了赚外地游客的钱。岛上人因此也收租赚钱了，生活方式自然也跟着变。把时间往前再推，厦门没有成为特区之前，甚至是鼓浪屿没有那么多别墅和洋人的两百年之前，当时的本地居民，恐怕也会抱怨改变，失去了原来的风物人情，但今日的繁华，正是源自变迁。

虽然是闲聊，大角明知我说的没错，但他还是不高兴了，他坚持说，受不了现在的人山人海喧嚣闹腾，将来只能也搬走了。一杯啤酒没喝完，他人就撤了。

劝别人容易，劝自己难。去年我回了一趟老家，准备去母校第二中学看看，赫然发现完全拆掉了。教学楼、旗杆、乒乓球台、操场、老师们的宿舍、食堂，荡然无存。在那里建起了一片住宅和商铺，熟悉的街道也全变化了，书店没了，变成新的便利商店。破破烂烂的路也修平整了，不再尘土飞扬。的确更加繁华，但我心中酸痛了一下。

有时候独自坐在夜里，闭上眼睛，常常会想起童年时住的屋子，明月朗照过的树枝，回家那条弯曲上下的小路以及被拆掉的中学。

有一天思乡病严重发作，睡不着，半夜漫无目的地看着一些东西，忽然去搜索了一下地图。我用测距功能，在两点之间拉出一条直线，瞬间显示出数据，此时此刻此地，我距离故乡最短的距离是 172.5 公里，精确到小数点后。这是现代科技的厉害之处，乡愁，也可以不费吹灰之力，得以量化。

反复在心里默念这个数字，顿时少年和童年时代的全部记忆扑回。我对当下的所有生出强烈的缥缈感，已经消逝的年月反倒无比真切。

172.5 公里外，是“霸占”了我全部少年时代的小城。1999 年，我 17 岁去省城念大学，然后如同一江向东流的水，毕业、就职、买房、父母搬来同住，卖掉了过去的房子。就这样，我和父母一起移居到省城，我与故乡的联系，仅仅在于，祖父祖母仍在老家。

其实地理距离根本不远，但心理距离形同天涯。我安慰自己，人会老，故乡会面目全非，时间也不为谁停留，正因为此，我们才有缅怀的余地。某种哀伤却还是挥之不去。

1678年，瑞士医生让·雅各·哈德用希腊文词根，创造了一个新词：country sickness(思乡病)。这个词传遍世界，不同的语言有不同的造词法。我们在理智上知道日新月异才是事物的规律和本质，但我们的情感却偏执地停留下来。

所谓的故乡，并不存在。从你真正离开和告别的那一天起，地理上的故乡就不属于你了。一旦你在异乡落地生根，即便故乡亲友尚在，你回去就已经是客人了。从乡村到大大小小的城镇，其实都在流动迁徙。年月再久一点，甚至没什么人记得你了。这种忘却，是真正意义上的断绝。

以前很爱去旅行，到处跑，渐渐地，每去一座繁华热闹的大城市，每去一个风景很好的村落小镇，我就忍不住拿它来跟自己定居的城市做比较，跟自己度过青少年时期的宁静小城做比较，跟自己祖辈所在的乡村平原做比较。

我这才醒悟，年少时灵魂柔软，尚未固定，一个背包天南地北独自跋涉，从不眷念，不知道明天睡在哪里，也不知道在哪里醒来，更不知道在哪座城市读书、工作和定居。可是长大后呢？尔后，将在世上飘零，直到落脚。我的灵魂在哪里定型，哪里就是我的故乡。

然而，我仍未完全断开那条无形的丝线。

前年最末尾三天，79岁的祖母因为心梗，突然病逝，我与父母匆忙赶回故乡。

祖母的丧事办完，父亲先回，我和母亲乘坐地铁，再转迅捷的动车。172.5公里，原来只不过是80多分钟的车程。

我的故乡在空间上并不遥远，却又在时间上无限遥远。直至与亲人做彻底的告别，直至我回去已变成了客人的身份。这一刻我不得不承认，我的确已经失去了故乡，并且，不知不觉中，我已经执行了告别的仪式——我搞清楚了精确的地理距离。

成为异乡人，就只能为自己寻找新的安身立命之所。如果要问思乡病什么药可治？也只有心药。对我来说，仿佛一件庞大而完全个人化的工程。失去了地理意义的故乡，另外一个心理上的“故乡”就需要诞生。

旧时的邻居说过的话，师友们的短暂交流，从前的一草一木，一条路，一栋房子，一道月光，对于我来说，那些童年记忆，那些眷念，那些依依不舍的回响，都在我潜意识里，缓慢又沉默地整理好，打包，随身携带。我将生命中的1982年至1999年，我的小半生，梳理为记忆，逐个内化进我的心中，成为我自身的一部分，随身携带着，不离不弃。

说再见

我们不能总活在害怕说再见的阴影里，因为生活里永远都会有再见。

二十岁看十岁的自己，三十岁看二十岁的自己，才发现，一路的成长，其实很慢，很笨拙。但所幸，走过的每一步，含着眼泪带着微笑，有所思，有所得。

当我告别了我逝去的曾祖母，不是在当时，而是在很多年后。

有一天我忽然想起她，想起她蹒跚着小脚，想起她塞给我一筒油纸风味饼干。

那是一种非常朴素的地方小吃，后来她离开这个世界了，我一直不觉得那种食物很好吃。那天想起来，是因为我居然在家乐福买了一罐这种饼干，很久才吃完。我不会忘记这种饼干，但我也知道曾祖母永远走掉了。

当我有一天忽然听说初恋结婚，我不想听到，但还是得知了。看着对方幸福的合影照片，闭上眼睛的时刻，时光真的是在倒流。往昔的画面，种种都历历在目，然后，然后也仅此而已。

当我大学毕业，旧的矮小的图书馆拆除，新的双子超级高楼图书馆建立。图书馆后面的数十年腊梅树，砍掉，不知所终。

我一直记得，大一的一个午后，带着书包课本当枕头，嗅着花香，凝视树杈缝隙泄露的日光，发呆了许久。

我生活在大学林立的城市，前后左右都是大学生，他们唱歌，他们玩滑板，他们拥挤庆祝圣诞节，他们开学，他们放假。当我失去了我的青春，青春却无处不在。

我一直记得，有一年的暑假，学生走掉太多，我坐的538路公共汽车坐到倒数第三站，就只剩下了司机和我。

我工作的那份杂志停办了。在时代的浪潮中，不再按照我们的理想和品味办下去，而是变成一本空洞的时尚杂志，老板不管不顾当初的蓝图，执意和德国的第二大媒体集团密谋合作，我和一群同事不得不失望地离开杂志社。

我永远记得，在那家杂志社最后的时光，我们在一栋附属的玻璃房子办公，桌子上爬满密集的蚂蚁。而那本杂志，曾经是中国第一本普及心理学的杂志，它帮助无数人度过心理的困惑悲伤期，直到有一天，轮到它的编辑们自己。如何是好？我曾经问过我的主编这个问题。

我们学过充足的理论，我们与顶尖的专家为伍，我们见识了热线电话里千奇百怪惨烈到发指的人间境界。我们写无数文章指引人，开解人，辅导人，而我们自己如何面对自己的苦厄悲伤？

后来，我自己思索，渐渐得到答案。我们修习自己，提升自己，强大自己，并不是为了成为一个拒绝悲伤，不再疼痛的人，即便再见摆在眼前，也面不改色。

我们不是为了成为麻木的人，不是为了成为躲避痛苦的人，而是为了成为一个敢于面对告别的人，成为认真而难过地说过再见，再继续好好生活的人。

生命、爱情、青春、事业……我一再告别。每一次告别，我依然沮丧难过。每一次怀念起来，我无限眷念。

然而，我仍然向前走下去，被感动而痛哭，被欺骗而愤怒，被伤害而萎靡，被激励而振作。

然后继续写作、出书、读书、看电影、觅食、逛街、约朋友谈心、旅行、继续成长，也继续分手；为颈椎病低落，为错过最佳再度置业机会懊恼万分；也继续爆发小宇宙创作长篇，编书，康复运动和锻炼。不断告别，然后重新启程。

当时我看美剧《丑女贝蒂》第四季第十一集，贝蒂跟男友要分别，写了一篇感怀文章。当然，那其实是编剧的手笔，足够简练，足够使我共鸣，因此我抄录引用："我总不愿意说再见，似乎每个人都这样，但我们不得不说再见。因为人生总有许多时候必须告别。无论我们经历多少次痛苦的分开，哪怕是为了对方好而分开，这依然令人沮丧。

"虽然我们永远都不会忘记我们所放弃的，但我们却依然要继续前进。我们不能总活在害怕说再见的阴影里，因为生活里永远都会有再见。

"请记得，诀窍是，把再见当作一个好的开始，在我们重新启程时。"

人生里永远都会有再见。下一次，我会认真地道别，说出"再见"两个字。

春节的启示

“时间感”是对生命的直觉。拥有强烈“时间感”的人，反而不容易快乐，更容易敏感痛苦。

所有的节日都有热闹快乐的一面，也有庞大的副作用。这种副作用，专门针对那些被时间困住的人。千家万户度过春节，有的人处在孤独当中，没法回家，没亲人陪伴着。

我家所在的地方，前后左右全部都是大学。每年，都有很多的学生回不了家。有的是因为家里比较贫穷，父母赚钱太少，新疆西藏云南贵州，那么遥远的地理距离，来回一趟的路费实在很贵。有的是因为家人留在外地，也没有回家，自己就没回去。还有的是真的没有买到票，只有躲开高峰期。

有一年的春节，我曾经在深夜里接到过电话，是熟悉的朋友打过来的。他独自一人在异乡，想找一个人说说话。那种对些微温暖的渴求，难以拒绝。就陪他聊了一会儿天。

无论如何，节日总是在制造欢乐团聚的氛围。那些孤独的人，也会冒出难以言喻的孤单落寞。渺茫的人世间，在最深的夜里，灯火阑珊。仿佛一片大海之上，一个人守在一条小船上。这一刻，人被时间给困住了。

与此同时，我要清清楚楚地看到，时间对于另外一拨朋友来说，变成了一匹温顺的马，由着他们驾驭和安排。有个略熟的朋友，她的春节是在澳大利亚旅行，她发出来的自拍照片，是乘坐在巨大的热气球上，当地气候春光灿烂，她满面笑容。

我觉得这样的出国旅行度过春节真的很美好，看见那些画面和文字，也能分享到喜悦和欢乐。但我天性怕麻烦，并不会实际行动。除非伴侣帮我捋好行程路线，订好酒店机票。我只负责掏钱。

还有的朋友，春节没有任何特别的对待，三更半夜，还在工作。就像平时一样。闲下来的时候反而不自在，他更加喜欢有事情可以做的饱满充实的感觉。

在我的童年记忆里。小时候的春节，大人们应酬吃饭喝酒，忙着通宵打麻将守岁放鞭炮。

我反而很自由自在，看看可有可无的春晚，吃吃零食，或者看乱七八糟的杂志，还有各种小说。我对玩鞭炮凑热闹毫无兴趣。

很多年的除夕之夜，对于我来说都是非常平静地度过。大概从那个时候开始，我变成了一个不大容易因为节日觉得孤独的人。一直到今天，我对春晚也没有什么强烈的吐槽欲望。

我仅仅是对初一开始的亲朋好友登门拜年，比较腻烦，情愿安安静静睡大觉。

就这样，春节把我们分成了三种人。一群孤独的人被迫看着别人过春节；另一群常规的人照着老样子过春节，北方人包饺子，南方人逛花展，写福字，贴春联，看春晚，发红包、完全是很多年的惯性；还有一群人，以截然不同的方式度过春节，抛弃了华人的习俗，春节对他们来说只是一个普通假期，失去了传统的意义。

这跟人的成长经历、家庭背景、经济状况有关，但又不是那么绝对的因果关系。我猜，更大可能是跟“时间感”有关。

“时间感”是对生命的直觉。拥有强烈“时间感”的人，反而不容易快乐，更容易敏感痛苦。万物不息，岁月匆匆流逝，外面的世界无比璀璨，冠盖满京华，斯人独憔悴，寂寥黯然，困在了时间里。但这样的人，可能很容易出作品，能打动人心。也容易出成绩，因为一万年太久，只争朝夕。

我们所能做的，是把孤独的人约出来，吃个饭聊个天。如果相隔遥远，就对他们说一声“新年好”。对于享受清净的人，就不要打扰他们了，各玩各的，相安无事。对于地理大挪移，追寻这世界更多精彩风景的人，等到我们自己起心动念想跨国旅行的时候，可以找他们要攻略。

这些做法用俗话来说就是：多送温暖，少管闲事。能用发红包解决的问题，就不要废话了。

愿你不被时间困住，跟时间做朋友。

你的父亲母亲

文学艺术最大的好处是，让一个人可以走向自己，拥有内心世界，拥有一份专属自己的精神乐园。

我想说说我的父母。我从前，一直觉得他们平凡，像天底下所有普通的父母一样。他们从事着跟文学艺术无关的职业，出现在我的文字里，是以我的父母的身份出现的。因为，他们有一个著名作家的儿子。

可是他们也是他们自己。

我从来没有想到过，我的父亲，居然会书法。直到我的母亲，今年春节跟我聊天，提起来，几十年前，我的父亲曾经写过春联去卖。

我大吃一惊。小时候，父亲在我心目中，一直是个工作勤勉的厂长，抽烟厉害，把满屋子熏得有味道。他还获得过行业系统的省级表彰。他以这样的印象，保存在我的记忆中。

现在，我让他写一点毛笔大字，他乖乖地写了。我看得出来，他有些紧张，三十多年了，他久未动笔，起初还有点放不开。直到写到第五幅字的时候，感觉好起来。后来，他的书法投递给报纸杂志，果然发表了。

他是一个被岁月耽搁的书法家。

我的母亲，今年60岁。我一直以为她是个单纯的家庭主妇，同时也是个很普通的职工，以前在单位，她是会计出纳。也跟文艺无关。

我在接受《读者》杂志校园版专访时候，特别写过她，文章名为《像浣熊的猫》。她做菜的手艺，令我很多朋友折服赞叹过。她有洁癖，把屋子一定会收拾得整齐干净。这是我对她的主要印象。

直到我有一天，看见她翻出老家带过来的杂物。那里面，有她青春期的刺绣，花鸟鱼虫。还有她画过的画儿。没有受过什么专业训练，但是透着一股天然真挚的美丽。

我只能用瞠目结舌来形容。

我的写作之路，从来没拜过师，也没受过谁指点。我就是自己看看报纸杂志，觉得好简单，我也可以写啊。于是我就写了，中学时代开始，发表无数作品。长大后，出了几十本书，并且还会继续出很多书。

我觉得我纯粹是个人的天赋爆发，原来不是。恰如我的老朋友杨双春说的，难道你以为你的文学才能是天上掉下来的吗？总有遗传和继承的。

我的父母，他们只是没有机会实现自己的热爱。时代的局限，工作的忙碌，生活的沉沉压力，令他们无法去坚持自己喜欢的文艺爱好。

于是这些文艺爱好，他们很自觉地收藏起来。很多年后，我又“意外”发现。

我想，不止是我的父母，也许很多人的父母，都有属于自己的一扇窗，通往文学艺术，通往内心世界。

只不过，他们被琐碎的柴米油盐酱醋茶遮蔽了。他们其实可以成为他们自己。你所目睹的念叨啰唆强势霸道的父母，他们并不是一定要把注意力全部放在孩子身上。

如果有差不多的养老保障，身体还健康，抵御焦虑担忧，他们也有自己的审美和趣味，有机会施展出来，令你改观。还能与你共同分享创作的快乐。

书法、绘画、写诗之外，也可能是做糕点，把甜点做得精美动人，并且很好吃。也可能是朗诵主持，顺利流畅地把一场雅集活动完成。也可能是去广场上跳舞，站到大厅中歌唱，拿起照相机玩摄影，博得喝彩，等等。

文学艺术最大的好处是，让一个人可以走向自己，拥有内心世界，拥有一份专属自己的精神乐园。

文学艺术不是什么垄断的专利，而是生活的必需品。一个人，只要解决了温饱，内心或多或少就有这样的需要。

我真心地希望，我的读者们，也能重新认识自己的父母，鼓励他们去再续从前的文艺热爱。

从此刻开始，你可以去问问你的父亲母亲。

图书在版编目（CIP）数据

远方的夜空有星光 / 沈嘉柯著 . —北京：东方出版社，2017. 6
ISBN 978-7-5060-9815-1

Ⅰ. ①远… Ⅱ. ①沈… Ⅲ. ①散文集—中国—当代 Ⅳ. ① I267

中国版本图书馆 CIP 数据核字（2017）第 161979 号

远方的夜空有星光
（YUANFANG DE YEKONG YOU XINGGUANG）

作　　者：沈嘉柯
产品经理：张　旭
责任编辑：王莉莉　张　旭
出　　版：东方出版社
发　　行：人民东方出版传媒有限公司
地　　址：北京市东城区东四十条 113 号
邮政编码：100007
印　　刷：三河市金泰源印务有限公司
版　　次：2017 年 9 月第 1 版
印　　次：2017 年 9 月第 1 次印刷
开　　本：710 毫米 ×960 毫米　1/16
印　　张：15
字　　数：120 千字
书　　号：ISBN 978-7-5060-9815-1
定　　价：29.80 元
发行电话：（010）85924663　85924644　85924641